U0093159

太陽女

（含：太陽之女、火龍）

倪匡奇情作品集

木蘭花傳奇 2

倪匡 著

目錄

太陽之女

火龍

【總序】

木蘭花VS.衛斯理——倪匡奇幻系列的兩大巔峰

秦懷玉

對所有的倪匡小說迷來說，《衛斯理傳奇》無疑是他最成功、也最膾炙人口的作品了，然而，卻鮮有讀者知道，早在《衛斯理傳奇》之前，倪匡就已經創造了一個以女性為主角的系列奇情故事，甫出版即造成大轟動，《木蘭花傳奇》遂成為倪匡眾多著作中最具特色與最受讀者喜愛的兩大系列之一；只因衛斯理的魅力太過強大，使得《木蘭花傳奇》的光芒被掩蓋，長此以往被讀者忽視的情形下，漸漸成了遺珠。

有鑑於此，時值倪匡仙逝週年之際，本社特別重新揭刊此一系列，希望藉由新的編排與介紹，使喜愛倪匡的讀者也能好好認識她。

《木蘭花傳奇》是倪匡以筆名「魏力」所寫的動作小說系列。原載於香港新報及《武俠世界》雜誌，內容主要是以黑女俠木蘭花、堂妹穆秀珍及花花公了高翔三人所組成的「東方三俠」為主體，專門對抗惡人及神秘組織，他們先後打敗了號稱「世界上最危險的犯罪集團」的黑龍黨、超人集團、紅衫俱樂部、赤魔團、暗殺黨、黑手黨、血影掌，及暹羅鬥魚貝泰主持的犯罪組織等等，更曾和各國特務周旋、鬥法。

如果說衛斯理是世界上遇過最多奇事的人，那麼打擊犯罪集團次數最高的，即非東方三俠莫屬了。書中主角木蘭花是個兼具美貌與頭腦的現代奇女了，在柔道和空手道上有著極高的造詣，正義感十足，她的生活多采多姿，充滿了各類型的挑戰；她的最佳搭檔：堂妹穆秀珍，則是潛泳高手，亦好打抱不平，兩人一搭一唱，配合無間，一同冒險犯難；再加上英俊瀟灑，堪稱是神隊友的高翔，三人出生入死，破獲無數連各國警界都頭痛不已的大案。

若是以衛斯理打敗黑手黨及胡克黨就得到國際刑警的特殊證明文件的標準來看，木蘭花在國際刑警的地位，其實應該更高。

相較於《衛斯理傳奇》，《木蘭花傳奇》是入世的，在滾滾紅塵中演出令人日眩神搖的傳奇事蹟。衛斯理的日常儼然是跟外星人打交道，遊走於地球和外太空之間，事蹟總是跟外星人脫不了干係；木蘭花則是繞著全世界的黑幫罪犯跑，哪裡有犯罪者，哪裡就有她的身影！可說是地球上所有犯罪者的剋星！

而《木蘭花傳奇》中所啟用的各種道具，例如死光錶、隱形人等等，一如倪匡慣有的風格，皆是最先進的高科技產物，令讀者看得目不暇給，更不得不佩服倪匡驚人的想像力。

尤其，木蘭花等人的足跡遍及天下，包括南美利馬高原、喜馬拉雅山冰川、北極、海底古城、獵頭族居住的原始森林、神秘的達華拉宮及偏遠隱密的蠻荒地區等，讀者彷彿也隨著木蘭花去各處探險一般，緊張又刺激。

《衛斯理傳奇》與《木蘭花傳奇》兩系列由於歷年來深受讀者喜愛，書中主要角色逐漸由個人發展為「家族」型態，分枝關係的人物圖越顯豐富，好比《衛斯理傳奇》中的白素、溫寶裕、白老大、胡說等人，或是《木蘭花傳奇》中的「天使俠女」安妮和雲四風、雲五風等。倪匡曾經說過他塑造的十個最喜歡的小說人物，有三個在木蘭花系列中。白素和木蘭花更成為倪匡筆下最經典傳奇的兩位女主角。

在當年放眼皆是以男性為主流的奇情冒險故事中，倪匡的《木蘭花傳奇》可謂是開創了另一番令人耳目一新的寫作風貌，打破過去女性只能擔任花瓶角色的傳統窠臼，以及美女永遠是「波大無腦」的刻板印象，完美塑造了一個女版〇〇七的形象。猶如時下好萊塢電影「神力女超人」、「黑寡婦」等漫威女英雄般，女性不再是荏弱無助的男人附庸，反而更能以其細膩的觀察力及敏銳的第六感，來解決各種棘手的難題，也再一次印證了倪匡與眾不同的眼光與新潮先進的思想，實非常人所能及。

《女黑俠木蘭花傳奇》共有六十個精彩的冒險故事，也是倪匡作品中數量第二多的系列。每本內容皆是獨立的單元，但又前後互有呼應，為了讓讀者能更方便快速地欣賞，新策畫的《木蘭花傳奇》每本皆包含兩個故事，共三十本刊完。讀者必定能從書中感受到東方三俠的聰明機智與出神入化的神奇經歷，從而膾炙人口，成為讀者心目中華人世界無人能敵的女俠英雌。

太陽之女

1 誣陷

萬里晴空，一架巨型噴射式客機正在一萬五千呎的高空平穩地飛行。

機艙內約有三十名搭客，其中有一個面目莊嚴的阿拉伯人，他正望著窗外皎潔的白雲在沉思著。

他是正趕回阿拉伯去的薩都拉。他的女兒阿敏娜靠在他身上，已睡著了。

在一秒鐘之前，一切還十分平靜，但是在一秒鐘之間，事情卻發生了變化。

首先，是機身劇烈地震動了起來，阿敏娜醒了，許多正在瞌睡中的旅客也醒了，薩都拉陡地回過頭來，飛機的那種震盪太不平常了。

接著，便是一陣機槍聲響，這種「格格格」的聲音，可以稱得上是驚心動魄的，薩都拉立即站了起來。

這時，在機艙中的每一個人都可以看到，在客機的旁邊，有四架噴射式戰鬥機，帶著驚天動地的呼嘯聲，和一道長得出奇的白色煙尾掠了過去。

在那四架噴射式戰鬥機的機身上，並沒有任何國籍標誌，有的只是在機身上漆著一條張牙舞爪，黑色的龍。

在其餘旅客還未曾明白是怎麼一回事間，薩都拉已經明白了。

黑龍黨！

黑龍黨並不肯放過他！

黑龍黨出動了噴射式戰鬥機，來截阻客機！

薩都拉衝向機艙門口，但是阿敏娜卻衝了過來，抱住了他的雙腿。

本來，薩都拉是準備不顧一切地向下跳去的，因為唯有他的一死，才能拯救全機的旅客，但是阿敏娜睜得老大的眼睛，卻使他猶豫了起來！難道除了使阿敏娜成為孤兒之外，就沒有別的方法可想了麼？

驚天動地的機聲又傳了過來，那四架噴射式戰鬥機只是在客機的附近徘徊，這時，機長從前艙走了出來，面色沉重。

旅客幾乎已是面無人色，每個人都望著機長。

「發生了一些意外，我們必需降落。」他宣布。

「天啊！」一個女旅客尖叫了起來。「下面是大海啊！」

「那是緊急情形，我將盡量使各位安全。」機長的聲音雖然力充鎮定，但是卻在微微發抖。

「我們能安全麼？」十幾個人一起以充滿了恐懼的聲音道。

「我也不知道。」機長的聲音十分黯然，向外面指了指，「如果我們不作緊急降落的話，那四架空中強盜就要向我們開火了。」

旅客面如死灰，死亡的氣氛籠罩著整個機艙。

「機長，」薩都拉毅然開口，「空中強盜要的只是我，並不是其他人，你去和他們聯絡，說我願意跳傘下去和他們見面，客機就可以安全了。」

機長以疑惑的眼光望著薩都拉。

「快去！」薩都拉幾乎是對機長在下著命令似的。

機長轉過身，回到了前艙，不到五分鐘，他便走了出來，他的面色更加蒼白。

「怎麼樣？」薩都拉問。

「他們同意了，但是，」機長停了一停，「但是他們還提出了一個附帶的條件。」

「什麼條件？」

「他們說他們不能白出動一次而毫無收穫，他們要你帶一百克拉的鑽石下去，要不然，他們雖然得到了你，仍然會攻擊飛機的。」

「我抗議！」

一個衣飾華貴的胖婦人尖聲高叫，她的左手無名指上，正戴著一隻至少有六克拉的鑽石戒指。

「如果我是你，」機長平心靜氣地說：「我就不會在如今這樣的情形下抗議。」

機長一面說，一面脫下了他自己小指上的那隻鑽石戒指來。

「我們湊不齊一百克拉又怎樣？」有人在問。

「我相信可以的，只要每個人合作的話。」機長回答。

「老天，保險公司會承擔這種損失麼？」又有人問。

「我不知道，但我知道我們的行動必須快，他們只給我們二十分鐘。」機長望著窗外疾掠而過的戰鬥機，不耐煩地回答。

鑽石戒指，鑽石手鐲，鑽石耳環，鑽石項圈，紛紛從旅客的手中交到了機長的手中。

鑽石雖然可愛，但生命更加可愛，當你跌到海中，成為鯊魚攻擊的目標的時候，鑽石有什麼用處呢？

機長用手帕將鑽石包好，交給薩都拉。

旅客中有的人不明白薩都拉的身分，甚至有懷疑他是強盜的同黨的，以憤恨的目光注視著他。

薩都拉背上了降落傘，飛機在機長的命令下下降著，直到下面蔚藍的大海，看來異常清楚。

「機長，」薩都拉在走向機門時，才開口說話：「我要託你一件事，那就是請你將我的女兒送到我的家中，她母親的手中，並請你告訴我的妻子，我遇到了一些意外，但……但是不要緊的。」

一直忍住不出聲的阿敏娜，這時「哇」地一聲，哭了起來。

「你是一個勇敢的人，薩都拉先生，真正勇敢的人，祝你幸運。」機長激動地說。

客機是正在向阿拉伯去的航程上，飛機下面的海洋是印度洋，有什麼人是到阿拉伯去而又不知道薩都拉的名字的呢？

一時之間，客機中靜得出奇。

阿敏娜撲向薩都拉，叫著：「爸爸！」

她清脆的聲音，令得每一個人的心中都一陣發酸。

「阿敏娜，」薩都拉撫摸著阿敏娜柔軟的長髮，「爸爸會回來看你的，真神阿拉會護佑爸爸的，你說是不是？」

阿敏娜仰著頭，含著淚，低聲道：「是。」

薩都拉抬頭望向機長，機長將阿敏娜拉了開來，空中侍應生打開機門，飛機的速度雖然已減到最低，但是機門一打開，仍有一陣狂風捲了進來。

機艙中的每一個人都睜不開眼睛來，他們只是緊緊地抓住可以抓到的東西，以防止身子被那陣狂風捲出機艙去。

等到他們感到狂風過去，又可以睜開眼睛來時，薩都拉已經不在機艙中了，機艙中只有阿敏娜低低的哭泣聲。

在機艙外，那四架噴射式戰鬥機，以勝利者的姿態，呼嘯著在客機上面掠過，機長立即以無線電向前面的著落地報告遇襲的經過。

跳出機艙的薩都拉，迅速地向下落去。

直到離海面只有八百呎左右的時候，他才拉開了降落傘，同時，他也看到，一艘第二次世界大戰時的舊式潛艇，從水底下升了起來。

潛艇的圓蓋打開，兩個人上了潛艇的甲板。

當薩都拉跌入海中的時候，那兩個人向他大聲叫道：「歡迎之至，薩都拉先生！」

接著，又有人爬出了潛艇，划了橡皮艇，將薩都拉押上了潛艇去……

空中巨劫案的時間是發生在早上，在本市，早上卻十分平靜。

雖然已是秋天了，但是南方的氣候，仍是一樣的暑熱。

一早，便烈日當空，穆秀珍在屋前的小花園練了幾遍拳法之後，已是香汗淋漓了。

她取過了毛巾抹著汗，就在這時，她聽到了一陣急驟的剎車聲，當她回過頭去時，一輛汽車已經停在她們家的鐵門前。

穆秀珍立即知道事情有些不妙，她轉頭向屋中跑去。

「穆小姐！」她才跑出了兩步，身後便傳來了一個熟悉的聲音。

穆秀珍頓時鬆了一口氣，那是高翔的聲音。

「咦，高先生，蘭花姐不是和你約好了去打高爾夫球的麼，你為什麼……」她一面說，一面轉過身來。

當她看到了高翔的時候，她突然驚愕到說不出話來！

不錯，站在她面前的，是她和木蘭花的好朋友，在警方秘密工作組負重要責任的高翔。

但這時，高翔面上的神色卻絕不友好。

非但高翔面上的神色不友好，他後面的四個探員，看來更如同凶神惡煞一樣。而最使穆秀珍又怒又驚的，是他們五個人，連高翔在內，手中都有槍指著她！

穆秀珍錯愕得一句話也說不出來。

今日清晨，穆秀珍就是被高翔的汽車喇叭聲所吵醒的。

高翔和木蘭花約好去打高爾夫球，穆秀珍也是知道的，為什麼高翔忽然回來了呢？

穆秀珍還記得，木蘭花在臨走的時候，曾經告誡過她，要她小心一些，因為黑龍黨徒可能會趁她不在而來生事。

如今，黑龍黨徒沒有來，高翔卻帶著武裝警員來了，那是為什麼？

穆秀珍愣住了作聲不得，高翔已向她走過來。

「舉起手來，穆小姐。」他命令著。

「高翔。」穆秀珍搔了搔頭，「這算是什麼？我們是在玩『官兵捉強盜』的遊戲麼？」

「舉起手來！」高翔的聲音變得十分嚴厲，穆秀珍不得不高舉雙手。

「這是入屋搜索令，我們奉令來搜查你的屋子。」高翔展開了一張文件，讓穆秀珍看。

「高翔，你在攪什麼鬼？」穆秀珍氣得罵了起來：「蘭花姐呢？」

「她已經被扣留了。」

「被扣留了？」穆秀珍大聲叫了起來：「我們犯了什麼事？」

「唉，」高翔嘆了一口氣，「我已經放棄了不法生涯，想不到你們還在繼續幹，市長夫人一串購自南海的巨粒珠鍊前晚失竊，珠鍊是由十七粒明珠串成的，每一粒的價錢是一千英鎊，我想這些，你都比我清楚，珠鍊在什麼地方？」

「見你的大頭鬼，」穆秀珍漲紅了臉，「你去問大頭鬼要珠鍊好了。」

高翔頭一側。他身後的四名武裝警員，已經衝進了屋子裡去。

穆秀珍想要阻攔他們，但是高翔手中的槍卻向前伸了一伸。

「我們雖然是好朋友，但你們留下的痕跡也太明顯了，木蘭花不應該在行事的時候給市長夫人看到她，而且木蘭花更不該還罵了她一聲『臭肥婆』。唉，這就沒辦法啦，只好公事公辦。」

穆秀珍氣得說不出話來，好一會才說道：「我想那個臭肥婆，一定是——」

她話才講到一半，便突然停住，因為她見到四個警員自樓上下來，走在前面的一個，手上提著一串晶瑩奪目的珠鍊。

「穆小姐，」高翔的聲音轉趨嚴肅，「請你跟我們回去走一次。」

「你們，你們是在哪裡找到這東西的？」穆秀珍問。

但是卻沒有人回答她，五個人將她推上了汽車，疾馳而去。

在警局的辦公室中，方局長托著頭坐在他寬大的辦公椅上，高翔則在來回踱步。

「你們在哪裡找到這串珠鍊的？」方局長問。

「在木蘭花的臥室中，枕頭下的床架中。」

「這不是十分明顯的誣陷麼？」方局長皺著雙眉。

「我也這樣想，這一定是木蘭花仇人的誣陷，但是市長夫人，她卻說認得那個女賊的面目，像是她見過照片的木蘭花，所以我們沒有法子不將穆氏姐妹帶來，給她去認人！」

「唉！」方局長嘆了一口氣，「經過了這件事後，我們若有什麼要事再要她幫忙，她還肯答應麼？」

「我更糟糕啦，我是昨晚約她去玩，今天出其不意地將她扣住，你想想我

——」高翔哭喪著臉，難以講得下去。

就在這時候，有人敲門。

「報告局長，市長夫人到了。」

方局長忙站了起來。

「請！」

局長辦公室的門「砰」地一聲被推了開來，一個大肥婆幾乎塞住了整個門口。

她神氣活現地向方局長和高翔望了一眼。「賊人抓住了沒有？」

「我們抓到了幾個嫌疑人，請你去認人。」

方局長其實也十分討厭這個大肥婆，他心中暗暗地稱其為「臭肥婆」，但是他卻不敢得罪她，因為她不但是市長夫人，而且是南方著名的富豪。

「好，我一眼就可以看出來了。」

「高主任，請你帶市長夫人去。」

「是。局長。」高翔無可奈何地答應著。

在警局的認人室中，穆秀珍才見到了木蘭花。

木蘭花和她一樣，也被銬著手銬，但是她臉上卻帶著笑容。

木蘭花一見到穆秀珍，立時口唇掀動，但是卻並不說出聲音來。她們兩姐妹是從小在一起長大的，相互之間，從小時候作為遊戲，到大了有實用價值，她們學有一種看對方口唇的動作，便知道對方在說什麼話的本領。

押解木蘭花的女警，根本不知道木蘭花在做什麼，但穆秀珍已經知道她是在問：「你被扣留在什麼地方？」

穆秀珍連忙以同樣的方法回答：「在三樓走廊盡頭的一間小房間中，看來不像是監房。」

「那是在我的隔壁，你不要著急，今晚我一定請你到天方夜總會去看表演。」

穆秀珍笑了起來，她知道木蘭花既然這樣說，那麼今天晚上，自己一定可以坐在天方夜總會柔軟的沙發上，看最新的表演的了。

認人室中，陸續又來了七八個女犯人，和木蘭花、穆秀珍站在一起。

接著，一個大肥婆衝進來，後面跟著是高翔。

大肥婆是市長夫人，她以十分權威的眼光，在站成一排的幾個人身上掃了一掃，突然向木蘭花一指，道：「她，女賊就是她！」

木蘭花泰然自若。

高翔卻神色難堪。

「大人，你看清楚了？」他小心地問。

「當然，」肥婆昂起了頭，「我一眼就看出來了，是她，一點也不會錯，就是她！」

「肥婆夫人，」木蘭花笑嘻嘻的道：「你的豬眼，果然看清楚是我麼？」

木蘭花竟突然用這樣粗魯的話來罵著市長夫人，人人都不禁愕然，市長夫人勃然大怒，三百磅的身子向前衝了過來，揚起戴滿了鑽戒的手，便向木蘭花的臉上摑去！

也就在那一瞬間，只聽得「啪」地一聲，木蘭花手上的手銬突然鬆了開來。木蘭花一伸手，已握住了市長夫人的手腕，將市長夫人的手背又扭了過來。

市長夫人殺豬也似地大叫了起來：

「救命！救命！」

武裝警員向前衝來，但是木蘭花已經取出了一柄小刀，抵在夫人的頸際，低聲道：「你別再叫，我如今還不想傷害你，只是聽說天方夜總會今晚的表演十分精彩，我們不想逗留在這裡而已！」

穆秀珍「哈哈」地大笑起來，將雙手伸到了她身邊的警員面前。

那警員猶豫了一下，將手銬打了開來。

「至於我們用這樣的方法離開這裡，高主任，」木蘭花轉問高翔：「那是作為對你們的愚蠻、無知的一種懲罰！」

高翔的面上一陣紅，一陣白，一句話也講不出來，他心中在想：自己還好辦，最多辭職，但是方局長，噢，他怎麼辦呢？

木蘭花推著市長夫人向外走去，道：「不要叫，要不然女賊可得下毒手了。」

「是，是。」市長夫人的聲音在發顫。

她們三個人一直向外走去，整個警局都轟動了，但是卻沒有人敢妄動，因為木蘭花押著市長夫人作為人質。

方局長也出來了，他來到了木蘭花的面前，說道：「穆小姐，這一定是誤會，我們會再查清楚的，你何必這樣子離去呢？」

「沒有誤會，市長夫人已經指出我是偷她珠鍊的人了，怎會有錯？我們不用這種法子離去，還有什麼法子？」木蘭花悠閒地回答。

「唉！」方局長蹬著足，嘆著氣。

到了警局門口，市長夫人的華貴大房車正停在門口，木蘭花、穆秀珍兩人和她一起上了車，吩咐司機向前疾馳而去，方局長立即命令所有的崗哨、巡邏車加以注意。

可是他卻未曾料到，市長夫人的車子只轉了一個彎，木蘭花和穆秀珍兩人已經跳下了車子，奔過對街，消失在人群中了。

等到方局長下完了命令時，市長夫人也又回到了警局中，用最難聽的話在教訓著方局長！

木蘭花和穆秀珍兩人跑出了幾條街，才停了下來，兩人走進了一條橫街，在一個大牌檔前坐了下來，要了一些食物，吃了起來。

大牌檔是最當眼的地方，但也唯其如此，所以才最不惹人注目。

「蘭花姐，究竟是什麼人要害我們？」

「當然是黑龍黨！」木蘭花嘆了一口氣，「薩都拉是前天走的，當天晚上，市長夫人就失竊，就嫁禍於我們，我想薩都拉一定不能平安地到達阿拉伯，他在中途一定也出事了！」

「啊呀，那麼黑龍黨豈不是反敗為勝了？」

「那還不能確定！」木蘭花的面上現出了十分堅決的神色來。「但可以肯定的是，『水星』要比已經死了的『金星』來得能幹，他不愧是第二號人物！」

「哼，我看只是那肥婆和方局長他們糊塗罷了！」穆秀珍不服氣地說。

「他們並不糊塗，你想，市長夫人失竊，他們怎敢不出力捕捉人犯？奇就奇在為什麼失主一口咬定是我做的事，而那串珠鍊，又是在什麼時候放在我枕頭下面的床墊之中的呢？」

「那也不出奇，派一個身手好些的人，就可以做到這一點了，那臭肥婆——」

「你別說話。」木蘭花打斷了穆秀珍的話頭，停著沉思了起來，呆了一會，才道：「秀珍，今晚上我們不到天方夜總會去了。」

「不要緊，我們到什麼地方去？」

「我們去拜訪市長夫人！」

「什麼？」穆秀珍驚訝地叫了起來：「你想要自投羅網麼？」

「不，我以為這件事，主要的關鍵是在於為什麼市長夫人一口咬定是我。」

「或許是有人化裝成了你的模樣？」

「不，我本來也這樣想，但是市長夫人在走進認人室的時候，連看也不看其他人一眼，就指出了我，這證明她是早已認定了她要指認的目標的，想要弄明白這一點，我們必需到市長夫人的家中去！」木蘭花說。

「好！」穆秀珍笑著說：「我相信今晚，天方夜總會的顧客中，要有一半是便衣探員了。」

木蘭花笑了笑，兩人一齊離去，她們利用公共交通工具，到了郊外的一個小農場中，那個小型農場，是木蘭花經營的，但這卻是一個秘密，除了她們兩人之外，沒有別人知道。

農場的職員，也只知道她們是富家小姐，為了想試農村生活，所以才辦了這樣的一個小型農場的。

她們在一間簡單但卻乾淨的房間中休息著，直到傍晚時分才離去，到了市區上，她們看到了由市區剛運來的晚報。

晚報上並沒有關於她們的新聞，但是卻有空中巨劫案的詳細記載。

木蘭花詳細地看完了記載，她的面色變得十分沉重。

「唉。」她嘆了一口氣，「秀珍，黑龍黨的實力比我想像中要強得多了，他們竟然擁有四架噴射式戰鬥機，而薩都拉既然跳到了印度洋中，那麼，他們自然也要有潛艇才能接應了。我想，他們的目的，一定是在動阿拉伯最豐富的資源的腦筋。」

「石油？」穆秀珍問。

「是的，所以他們才要薩都拉的合作，我想薩都拉是沒生命危險的，我們還是先對付了在這裡的『水星』再說。」

「然後呢？」穆秀珍是越多事越好。

「然後，我們可能會到阿拉伯去，會會黑龍黨的真正頭子『太陽』。我相信如果薩都拉能夠脫險的話，他一定會來邀請我們的。」

「那太好了！」穆秀珍興奮得幾乎跳了起來。

「可是我們首先要對付『水星』，你要一切聽我的命令！」

「當然，我絕不違抗。」

她們在暮色中離開了市區。

市長的住宅，是本市最華麗的花園洋房之一。它座落在半山的一個石坪上，可以俯覽全市。

這時，已是凌晨兩時了，官邸前的四個衛兵來回地走著，在官邸之前的道路上，馳來了一輛老爺車，到了官邸的門前不遠處，突然停了下來。

兩個衛兵立即迎了上去，從車中走出一個美少年來，指著車子，無可奈何地笑了笑，道：「車子又死火了，請兩位多點原諒。」

他探頭向車廂中一位千嬌百媚的小姐說：「你駕車，我來推車。」

衛兵看到了車中美麗的小姐，有點飄飄然，車子推出了十來碼，機器發動了，美少年向衛兵揚了揚手，疾馳而去。

但是這輛車子卻只馳出了五六十碼，便在一個陰暗角落處停了下來，剛才的美少年，這時已換上了一身緊身的黑衣，輕巧無比地從車中竄了出來，到了圍牆腳下。

衛兵本來是應該繞牆巡行的，但這時，四個衛兵卻聚在一起，在談論著車中的那位小姐的美麗。

當然這是違反紀律的，但只是三四分鐘，只怕也不要緊吧。

然而，木蘭花卻只要一分鐘就夠了，她已經攀上了高牆，躍進了花園。

她看清花園中沒有人，便奔到了噴水池旁，停了一停，然後，又奔到了牆腳下。

她行動之間，一點聲息也沒有，簡直像是一隻貓兒一樣靈敏。

她並不知道市長夫婦睡在什麼地方，但是她卻可以肯定，主人的臥房一定有寬大的陽台和室內浴室的。當然，一定是在最好的方向，她略一辨認，便已經肯定了其中的一個窗戶。

她並不由牆外爬上去，而是弄開了樓下大廳的鎖，一直走了進去。十分順利，她已經來到了她所認定的房間的房門之外。

在木蘭花將百合匙伸進房門的鑰匙孔之際，她突然停了下來。

一切都太順利了，為什麼會那樣順利呢？順利，當然是好的，但是太順利了，這就使人覺得出奇，使人覺得其中有陷阱在！

其中有什麼陷阱呢？

木蘭花完全不知道，但是她的警覺心卻提高了，她告訴自己：要小心！

於是，她將百合匙從匙孔中輕輕拉了出來，到了旁邊的一扇門前，才將那扇門打了開來。

她推開了那扇門，看清楚那是一間十分寬大的書室，一個大陽台，和主臥室相連，這正合乎木蘭花的要求。木蘭花進入書室，直到了陽台上，再慢慢地將身子貼住牆移動著，到了主臥室的窗前。

窗內是厚厚的窗簾，但是卻有一些縫。

水蘭花從縫中張望進去，起先，是一團漆黑，什麼也看不到，她取出了一副眼鏡，並不是普通的眼鏡，連形狀也不同，像是一具小型的望遠鏡，那是一具超小型的紅外線觀察器。

這種紅外線觀察器，是以一個一點五伏水銀電池供電的，體積雖小，但電池壽命達到一百小時，在黑暗之中可以看清物事。

當木蘭花的視線透過了紅外線觀察器的觀景器之後，一切都不同了。她看到，正如她所料，那是一間十分華貴而且舒適的臥室，臥室中的傢俬，全是乳白色而鑲有金邊的，那是歐洲宮廷式的名貴傢俬。

而在那張大床上，卻並沒有人睡著。

在床頭一張沙發上，則有一個人坐著，那個人，木蘭花一些也不陌生，她正是市長夫人。在她肥胖的手中，則執著一柄小手槍。

市長夫人的面上神色，焦急而又帶些害怕，看她的情形，像是正在等待著什麼。

「她是在等我？等我一進房子，就將我開槍打死？還是在等著別人？」

木蘭花略想了一想，就退了回來，她在退回書房的時候，特地拉動了陽台上的一張椅子，發出了「滋」地一下聲響來，然後，她跳出書房門，到了臥室門前。

不出她所料，臥室的門根本沒有鎖上，正是「開門揖盜」，但是那確是十分聰明的，因為有人一來，就可以將之打死，不必負上任何罪名！

木蘭花以極輕的動作將門打開，立即閃出了一步，將門虛掩好。

她看到市長夫人站了起來，探頭望著陽台上。

她當然看不到什麼，因為木蘭花拖動了椅子之後，早已躍入書房了。

木蘭花又看到她轉過身來。

那時，木蘭花已經準備好了她的彈子槍，摸到了電燈開關。

她一撥手指，電燈在剎那間大放光明。

在市長夫人轉過身來的時候，彈子已經激射而出，正打在她的手腕之上，「啪」地一聲，槍掉到了地上。

還未及等她彎下腰去，木蘭花早已一躍向前拾起槍來，向市長夫人一笑道：「夫人，你可還認識我麼？」

市長夫人癱軟在沙發上，一句話也說不出來。

2 勁敵

「你不用怕，」木蘭花反倒安慰著她：「我只不過來找你談談。」

「談……談……談什麼？」

「你根本沒有看見過我，為什麼你要指證是我偷去了你的珠鍊？」木蘭花單刀直入地問。

本來，木蘭花心中已擬了幾個可能。她的第一個假定是：市長夫人本身便是黑龍黨的首腦分子！如今看來，顯然不是了，一個黑龍黨的首腦分子，是絕不會在一支槍的指嚇之下，便身子抖得如同篩慷一樣。

「我……我……去否認，你……別開槍。」

「我不在乎你否認不否認，警方的那班人還奈何我不得，我只是想知道，你為什麼要誣陷我，為什麼？我給你十分鐘的時間。」

市長夫人望了望床頭櫃上那隻精美的空氣鐘，鐘上的時間是二時十五分。

「給我考慮……十五分鐘，好不？」

木蘭花心中立即明白，那一定是二點半時會有人要來，對方想拖到那時候，來人會搭救她的。

來的是什麼人呢？當然是她認為可以對付自己的人了，那麼，會不會是黑龍黨的人呢？

木蘭花迅速地想著，立即一笑，道：「你的來客是應該在兩點半來的，我卻作了不速之客，是不是？」

市長夫人的面色如同死灰一樣，道：「你……什麼都知道了，知道我本來要打死你？」

木蘭花並不出聲。

她知道，一個沒有經驗的人，在恐懼之中根本不必去逼問，而自己會將所有的一切講出來的。

「那……不是我的主意，」市長夫人繼續說著：「那是他們的主意，你……不必對付我的。」

「是黑龍黨的什麼人？」木蘭花問。

「黑龍黨？」市長夫人反倒奇怪起來了。

「好的，那麼你所說的『他們』是什麼人？」

「我也不知道，他們控制著我，因為我……有一件不名譽的把柄在他們的手上，如果公布出去，我就……無顏見人了！」市長夫人將事情一股腦兒地和盤托出。

「那麼有人告訴你，我今晚會來，是不是？」

「是的，他們還對我說，我一見到你，就可以將你打死，因為你是私入屋宅的。」

木蘭花心中對於那吩咐市長夫人如此做的人，十分佩服，因為那人料事如神，算準她今晚會來。

這是一個真正的勁敵！木蘭花心中暗忖。

她側過頭去看鐘，已經是二點二十九分了。

她低聲吩咐：「你照原樣坐著，絕不可表示我在你的身後，要不然，我就開槍。」

「女……俠，你這樣做……他們吃了虧。會公布那件事的。」

「我保證不會，而且我還可以設法替你取回那些東西來，只要你肯合作。」

市長夫人已沒有考慮的餘地了，因為走廊中已響起了輕微的腳步聲，她只好點了點頭。

木蘭花跳過去，熄了燈，又躍回來，躲在沙發的後面。她剛一躲起，門就被推了開來。

走廊上是有燈的，門一推開，木蘭花就可以看到那人的身影，長而且瘦，穿著一套十分貼身的西裝，他向前走了兩步，步伐輕盈，帶有一種十分高貴的氣氛。

「大人？」那人開口了，講的是英語。

「嗯。」市長夫人只好這樣回答。

「啪」的一聲，那人開著了電燈。

木蘭花看到了那人的臉，臉上的肌肉瘦削，但是英俊——那是一種帶著殘忍神情的俊，一望而知這人有著貴族的血統，那是因為他的臉上帶有統治一切的一種神氣。

「他是不是『水星』呢？」木蘭花在心中，自己問自己。

那人自上裝袋中，取出了一隻白金鑲紅寶石的菸盒來，取出了一支菸，燃著了吸上一口。

「我料錯了？木蘭花竟沒有來？」

「沒……有來。」

「嗯，或者是她還未曾到，我們可以一齊等一會兒。」他自顧自地在另一張沙發上坐了下來。「夫人，你合作得不錯，所不幸的是貴市警方實在太沒有人才了。」

「是的，你的指責十分有理。」市長夫人勉強迸出了這一句話。

「木蘭花一定要被關在監獄中，你明白了麼？」那人狠狠地說。

「我……明白了。」市長夫人囁嚅著。

木蘭花就在這時站直了身子，她手中的手槍直指著那人，臉上帶著冷笑，道：「我也明白，但是我卻不同意。」

在木蘭花剛一現身之際，那人陡地一呆，面上現出了又驚又怒的神色來，但是他卻立即恢復了鎮定，甚至於聳肩一笑。

「你的計畫確好，但是卻只好愚弄小孩。」木蘭花毫不留情地嘲笑著他。

那人以一種十分狠毒的神情望著木蘭花，市長夫人又發起抖來。

那人的視線向下略移了移，定在木蘭花手中的槍上，說道：「久仰你的大名。」

「我也同樣地久仰你的大名。」

「哈哈，」那人仰天笑了起來，「你怎麼可能知道我是什麼人？」

「別高興，譬如說我現在來問你，你敢不說麼？」木蘭花揚了揚手中的手槍。

「當然，我說。」那人在菸灰缸上按熄了菸頭。「容我來自我介紹，我是康斯坦丁。」

「水星！」木蘭花加重語氣。

「我送的蘭花你已收到了？」

康斯坦丁這樣說法，分明承認了他就是「水星」了。

木蘭花笑了起來。

「很好，」她說：「康斯坦丁先生，我將要扣留你，直到你們的總部釋放薩都拉先生為止。」

「能和像你這樣美麗的一位東方小姐作伴，真是榮幸之至。」「水星」一點驚惶的神色也沒有。

「站起來，向門外走去。」木蘭花加倍小心地，槍口一直不離開康斯坦丁的身子。

康斯坦丁服從命令，起身走到了門口。

「走下樓梯去，別打算玩什麼花樣。」

在木蘭花的指揮下，「水星」康斯坦丁走下了樓梯，到了花園中，一直來到這大門處。

木蘭花在衫袋中摸出了一盒火柴來，那當然不是火柴，而是一具小型的半導體無線電機，她伸指在機上叩了兩下。

坐在汽車中正等得不大耐煩的穆秀珍，突然聽得裝置在汽車中的一具小擴音機傳來了「得得」的聲音，她興奮地坐了起來。

「將車子在圍牆轉角處撞毀，你來大門口接應我，我俘虜了『水星』。」木蘭花的話顯然極其低聲，但是傳到汽車中卻十分清晰。

「O・K！」穆秀珍叫了一聲。

不到一分鐘，只聽得圍牆的轉角處，傳來了「轟」地一聲巨響，火光閃耀，門口的四個衛兵立即向轉角處奔去。

洋房旁邊，傭人居住的屋中，也立即亮起了燈，但木蘭花已指著「水星」，向大門口奔去。

穆秀珍已在大門口出現，木蘭花向她作了一個手勢，穆秀珍陡地衝了上來，伸掌向康斯坦丁的頸際便劈。

穆秀珍是來得如此之突然，在康斯坦丁還未曾弄清是怎樣一回事時，他已經中掌而昏了過去。木蘭花和穆秀珍立即扶住他，像是扶著一個爛醉如泥的人一樣，向大門外衝去。

等到那四個衛兵發現失事的汽車中竟沒有人，還未曾弄清是怎麼一回事而驚駭欲絕的時候，木蘭花和穆秀珍兩人早已走遠了。

他們扶著康斯坦丁，截了一輛的士。

夜班的士司機是見慣了酒醉人，由人送回去的情形的，絕不懷疑，便讓他們登上了車。的士向海邊駛去，到了一個碼頭附近停了下來。

兩人又扶著康斯坦丁，到了她們的一艘遊艇之上，開足了馬力，遊艇向外駛去。

駛出了一海里左右，康斯坦丁便已醒過來了。

他身子動了幾下，欠身坐了起來。

「噢，你醒了？」穆秀珍向他笑了笑，「我們請你遊船河，並且勸你不要亂動，木蘭花小姐是日本柔道學院的名譽九段。」

康斯坦丁撫摸著剛才被穆秀珍劈中的頸際，輕鬆地道：「你是九段，小姐？」

「哼，我麼，至少也有八段。」

康斯坦丁一面笑著，一面站了起來，他像是站不穩一樣，身子側了一側，然後又坐了下來。

木蘭花在這時從前艙走了過來。

她沒有看到剛才康斯坦丁站立不穩，身子側了一側的情形，而穆秀珍是看到的，但她卻沒有在意，更未曾留心到在康斯坦丁身子側了一側之後，他的鞋跟歪了四分之一吋。

她們也沒有注意康斯坦丁的左腳後跟，在作不規則的提起和放下。那種提起和放下。只不過是半寸左右的高度，但是卻已足夠使他鞋跟中的無線電發報機發出密碼了。

「你們兩位要我在這裡住多久呢？」康斯坦丁神態優閒地發問。

「我已經說過了，到薩都拉被釋放為止，你是人質，你明白麼？」

「如果我不同意呢？」

「你是沒有法子不同意的，水星先生，這猶如一場賭博，我們已拿到了四條A，不幸得很，你甚至博不到順子，什麼也沒有。」

「一個十分恰當的譬喻。」「水星」仍是毫不在乎地說著。

「你並不是只等著薩都拉的釋放，你還要供給我們關於黑龍黨的一切秘密。」木蘭花嚴肅地說。

「這未免太過分了！」

「一點也不過分，譬如說，你們想在阿拉伯得到什麼，為什麼你們要一再地強迫薩都拉？」

「噢，我們只不過是想阿拉伯的酋長、土王和英國、美國的大石油公司少一點收入而已，這也值得閣下打抱不平麼？」

木蘭花向穆秀珍望了一眼，穆秀珍點了點頭。

木蘭花曾經猜測黑龍幫在阿拉伯活動的目的物是石油，如今已證實了。

「你在黑龍黨中的地位很高，你將你們的計畫詳細地告訴我。」

「我可以吸菸麼？」「水星」問。

「可以。」

「水星」又取出了他那隻華貴的菸盒，取出了一支菸燃上。

「我們的計畫是——」

他才講了半句話，便聽到窗外有得得兩聲傳了過來，而木蘭花的遊艇，是早已關了引擎的。

康斯坦丁的面上，現出了一個得意的笑容來。

他陡地站了起來。「小姐，是你們應該高舉雙手，表示投降的時候了。」

「放屁，你說什麼？」穆秀珍怒目瞪著。

木蘭花已經覺出不對，連忙向康斯坦丁撲去，想將他抓住，然而，已經遲了。

「乒」地一聲，艙窗玻璃被打碎，一柄湯姆生槍的槍管，已伸了進來。

穆秀珍陡地拔出手槍，但是在她身邊的木蘭花，卻伸手將她的手槍奪了過來，拋在地上。

「木蘭花小姐究竟是聰明的。」「水星」笑著，舒服地坐了下來。

事實證明木蘭花的確是聰明的，因為在她們兩人的身後的窗外，早已有一支湯姆生槍在指著了。

「我要請兩位小姐遊海底，以報答兩位請我的遊船河。」「水星」康斯坦丁冷笑著說。

木蘭花面上的神色變了一變，但是她立即想到，「水星」的意思，一定不是將她們拋入海中，而是另有用意的。

她又想及當「水星」落在她們手中時的鎮靜神態，就算他真的要令自己葬身海底的話，自己又怎能慌張恐懼？

所以，她微笑著回答道：「那再好也沒有了，等我們有機會時，我們還會請你上天空去遊玩。」

「噢，」康斯坦丁像是在做戲，「像我這種人，上帝是不會歡迎的，我還是離天空遠一些好，所以我的辦公室是在海底，兩位請看！」

他指著外面，木蘭花和穆秀珍兩人循他所指看去，看到了一艘露出水面一半的潛艇。木蘭花放下了一半心，因為康斯坦丁剛才所說的話，分明只是準備將她們困在潛艇之中。

「在那裡，你們可以與你們的好朋友相會。」

「薩都拉？」

「對的，是他，他在潛艇上作客，已經有兩天了，嗯，他不怎麼合作，所以你們見到他的時候，可能已不再怎麼認識他。」

木蘭花感到一陣莫名的憤怒。「你們將他怎麼樣了，你們這群——」她陡地想到在如今這樣的情形之下，不宜得罪「水星」，所以才停了口。

「水星」殘酷地笑著。「我們這一群什麼？魔鬼，還是畜牲？你可以直接說出來，我們毫不在乎。我們在乎的是錢！金子！金子！金子！金子！」

他一連說了四個金子，是分別用英文、德文、法文和拉丁文說的，表示他是一個博學的人。

這時，遊艇上已經全是「水星」的人，木蘭花和穆秀珍兩人被湯姆生槍指著，並肩走向一隻橡皮艇，橡皮艇上有兩個人監視著她們，而在遊艇上的人也可以發槍射到她們。

「水星」在另一艘橡皮艇上，緊跟在她們的身旁，向潛艇划去。

那艘潛艇，是剛才康斯坦丁發無線電報召來的，木蘭花百密一疏，成了階下之囚。

她和穆秀珍在潛艇上以「唇語」交談著。

「如果你跳下水，而不被槍射中的話，以你的泳術而論，能夠游回去麼？」木蘭花問。

「我想可以的。」穆秀珍曾經有過橫渡英法海峽的記錄，這時，根據市中的燈光來看，距離是絕比不上英法海峽的，所以她這樣回答。

「我將你推下海，你逃走。」

「你呢？」

「我留著，我如果也逃，他們一定窮追，我如果不逃，他們便會放過你。」

「我不走！」

「你說過一切都服從我的命令的。」

「我逃出去又有什麼用？」穆秀珍幾乎要哭了出來。

「有用的，你去找我們在海軍中的熟人，搜索這艘潛艇，或是向國際警方報告，千萬別去找高翔他們，他們簡直是飯桶。如果兩個地方都不接受你投訴的話，那你便去找薩都拉國家的元首，薩都拉是那個元首最親信的人，為了救薩都拉，這個國家元首是肯動用一切力量的。你可記得了？」

穆秀珍含著淚，點了點頭。

「你的責任，極之重大，你可別當兒戲。」

「我知道！」穆秀珍不由自主講出了聲音來。

「你知道了什麼？」「水星」立即問。

「她知道——」木蘭花回答著，但是她只講了三個字，便猛地將穆秀珍一推。

穆秀珍「撲通」跌入了海中，兩柄手提機槍發出了驚心動魄的「軋軋」聲，水面上濺起了一連串的水花！

在這樣的情形下，木蘭花也只好閉起眼睛，禱告上帝保佑了。

「下海去追！」「水星」憤然地下著命令。

四個黑龍黨徒竄下了海，從他們下海的姿勢來看，他們無疑也是第一流的游泳能手，木蘭花不禁又代穆秀珍捏了一把汗。

在海底，穆秀珍只是竭力地向下沉去，直到她的手碰到了海底的岩石，身子碰到了海沙，這才迅速地向前游了出去。

3 勸降

黑夜，海底一片漆黑，那四個黑龍黨員下海之後，立即浮了上來。

「水星」下令潛艇艇首的燈大放光明，海底一群一群的游魚驚得四下亂竄。

在潛艇著燈的一剎那，穆秀珍剛好游出了燈光照射的範圍，她盡力向前游著，到認為安全時，才浮上水面，換一口氣，然後又沉下去再向前游著。

等到她第三次浮上水面換氣時，她才敢向剛才潛艇的所在看去，只見海面上已只有她們的遊艇了，看來只是白色的一點，她已經游遠了。

木蘭花的預料是正確的，「水星」俘虜了木蘭花，已經心足。

穆秀珍逃走，追捕不到，他也絕不堅持，橡皮艇划近了潛艇，木蘭花自動地跳上潛艇的甲板，走進了潛艇的內部。

「水星」站在她的後面，到了一個窄窄的艙中。

「為了防止你逃走，我們必需對你進行搜身。」

木蘭花漲紅了臉，道：「如果你們是一個有規模的組織的話，那你們應該派一個女黨員來進行這項工作。」

「小姐，東方女性的畏羞本能，在這種場合之下也適合麼？」「水星」輕浮地問。

木蘭花的眼中射出了怒火。「如果你想侮辱我，你必然會後悔莫及！」

木蘭花凌厲無匹的眼光，令得「水星」不由自主地後退了一步，說道：「好，我派一名女黨員來搜身。」

木蘭花鬆了一口氣，第一個難關總算度過了，她心中在想，當那名女黨員在進行搜身的時候，是不是可以趁機將她制服呢？

但是她立即放棄了這個想法，因為她覺得潛艇在左右搖擺，那是已經潛入海中了，她是很難逃出一艘潛在海底的潛艇的——雖然她知道，即使是一艘舊式潛艇，也有逃生管的設備，和魚雷發射管都可以供人逃出去，但是在潛艇中，如此窄小的地方，想去到可以逃生的地方，幾乎就是不可能的事，她決定慢慢再尋找逃走的機會。

等了沒有多久，一個馬臉的婦女來到艙中，對木蘭花進行了徹底的搜查。她除去了木蘭花身上所有的衣服，令得木蘭花美妙而無瑕的胴體完全裸露，然後，那婦人才拋給她一套粗糙的衣服，木蘭花連忙將這套衣服穿了起來。

現在，木蘭花可以利用的東西，就是一雙手和她聰明的頭腦了，因為一切有用的工具，例如鋒利的小刀、百合匙，由她自己設計的幾種出人意表的武器，無線電傳話機等等，全被搜去了。

在那個婦人退了出去之後，木蘭花嘆了一口氣，在艙中坐了下來。

不一會，又有人開門進來，命令她出去，帶著她經過了一條極窄的走廊，來到了另一個艙中，那個艙較為寬大，而且艙的一面，全是玻璃的，艙的位置又在潛艇的首部，在燈光的照耀下，可以看到種種奇形怪狀的游魚。

「小姐，」「水星」的聲音響了起來，木蘭花這才注意到他正坐在一張書桌後面：「當我們進入印度洋時，你將可以看到許多美麗的熱帶魚，說起來你或者不信，我本來是學海洋生物學的。」

「那你對虎鯊和金槍烏賊，一定有特別的研究。」木蘭花冷冷地說，她是在諷刺康斯坦丁，因為這兩種生物全是海中的強盜。

「嘿嘿，」康斯坦丁冷笑了兩聲，「小姐，我們該談些正經事了。」

「有什麼可談的？」

「當然有，我們要你去說服薩都拉，作為你取得釋放的條件。你可以告訴薩都拉，這是我們對他最後一次的嘗試，若是他再不答應的話，那我們便放棄對他的要求了，你和他都應該明白那是什麼意思。」

「當然，三歲孩子也會明白。」

「好的，你立刻可以進行你的工作。」

「薩都拉在哪裡？」

「我的手下會帶你去的。」他伸手按鈴，有一個壯漢走了進來，就是剛才帶木蘭花來此的人。

「帶她去見薩都拉。」

「是！」壯漢答應著，木蘭花跟著他走了出去，到了另一個艙門前，木蘭花被那壯漢推了進去，木蘭花手肘猛地向後一撞，正撞在那壯漢的胸前，當那壯漢怪叫起來的時候，她已經將艙門關上了。

船艙的擴音機中立即傳來「水星」的聲音：「木蘭花，你這是什麼意思？」

「懲戒他對我的無禮！」木蘭花大聲回答，向艙中打量。

那艙小得只不過六呎長，四呎寬，木蘭花一進艙，便已站在一張床前，床上躺著一個人，那人正瞪著木蘭花，面上一點神情也沒有。

木蘭花呆了足足有一分鐘之久，才認出那人就是薩都拉來！

薩都拉的臉腫著，眼發黑，唇破，額裂。這一切，都顯得他曾遭受過無情的毒打！

木蘭花閉上了眼睛，好一會又睜開來。

「薩都拉先生，你還認得我麼？」

「認得。」從薩都拉碎裂的嘴唇，吐出了這兩個字來。

「你是個堅強的人，我希望——」木蘭花覺得自己吐字十分困難，因為薩都拉在受了這樣的酷刑之後，要安慰他，絕不是容易的事情。

但是，在木蘭花略一遲疑的時候，薩都拉的面上已經努力地現出了一個笑容來。

「穆小姐，你放心，我忍受得住的，因為我覺得自己對得起自己的國家，無論什麼樣的痛苦，我都可以忍受得住。」薩都拉的聲音十分低沉，但是卻也十分堅決，令人感動。

木蘭花在床沿坐了下來，握住了薩都拉的手，道：「薩都拉先生，我十分佩服你，我一生見過不少勇敢的人，你是他們中的佼佼者。」

木蘭花那種女性獨有的溫柔，使得薩都拉的臉上又浮起了一個笑容來，這一次笑容，比上一次自然而快樂得多了。

「薩都拉先生，我如今是『水星』的俘虜，是來勸你投降的。」

「穆小姐，你不必多費唇舌了，『水星』已對我說出了他們的計畫，他們要我加入黑龍黨，要我利用職位上的方便，幫助他們轉接輸油管，使他們能每年偷走我國所生產的石油的三分之一。這種空前的大盜劫案，你想我能參加麼，雖然他們答應每年分給我巨額的利潤，但是金錢卻買不到我！」

木蘭花聽了，心中也不禁駭然。

她知道薩都拉的祖國，是世界上出產石油最豐富的國家之一，黑龍黨竟定下了那麼一個龐大的計畫，看來他們在一年之前截擊火車、搶劫輸油管等等，全是為這一個驚人的偷油計畫而服務的。

輸油管要通過沙漠，由油田到港口，他們若是能夠得到薩都拉幫忙的話，在輸油管的中途另接一條支管的話，的確是可以將從輸油管中經過的石油盜走三分之一的。

世界上有許多國家，是缺乏石油而又極需石油的，黑龍黨徒在盜到了石油之後，可以照國際市場相仿的價格賣出去，他們一年可以獲利多少？木蘭花剛一想到這個問題，薩都拉已經代她回答了。

「他們的計畫若是能實現，那麼黑龍黨每年可以增加一億二千萬美元的收入，這可以算是有史以來最大的劫案了！」

木蘭花嘆了一口氣：「如今，你已知道他們的全部計畫了，你可曾想到，如果你不答應合作的話，會有什麼樣的結果？」

「當然想到過！」薩都拉的眼中，閃耀著一種異樣的光芒，「我的國家是民主政體，並不是君主專政的，石油的收入是國家的，用在老百姓的身上，而不是歸君主去窮奢極侈，一億二千萬美金，可以造多少醫院，造多少學校，可以為我們國家的老百姓做多少好事，我一個人犧牲了，又算什麼？」

薩都拉講到後來，爽朗地笑了起來。

他一笑，臉上還未曾痊癒的傷口便泛出了絲絲血痕來。

「我剛才說你勇敢，」木蘭花發覺自己的眼睛有些潤濕，「如今，我知道你不但勇敢，而且非常偉大！」

「我很抱歉，我絕不能接受你的勸說。」他說完之後，便閉上了眼睛。

木蘭花站了起來。

可是，她才一站起來。艙的一角上，便傳來了「水星」的聲音：

「穆小姐，我給你半小時的時間，你要使薩都拉答應我們的要求，要不然，我們沒有耐心再等了。你們應該知道，對付一個敵人，最後的辦法，便是使他歸自己利用，但如果做不到這一點的話，那也只有毀滅這個敵人了。」

木蘭花呆了一呆，叫道：「我還有話要和你說，我有一個計畫——」

「在這裡，只有我的計畫，你是沒有資格提出計畫來的。」

「好，那也隨便你，你不要聽我的計畫，我也拒絕執行你的命令，隨你喜歡，不必在半小時後，現在你就可以毀滅我們！」

木蘭花一講完，再度在床沿上坐了下來。

她不知道在這個狹小的艇艙中，是不是裝有秘密的電視傳真器，所以她竭力使自己的神色裝得十分堅決，絕無妥協意思的樣子。

而她的手心，這時卻在冒冷汗。

木蘭花的心中，並沒有什麼計畫，她那樣說的目的，只不過是想「水星」延遲殺死她和薩都拉兩人的時間，以及她想和「水星」晤面，尋求一拼的機會！

她不知道「水星」是不是會答應她，因為一直再聽不到「水星」的聲音。如果「水星」不準備再見她，那麼，在半小時之後，她和薩都拉兩人的命運幾乎已經被決定了。

他們兩人在這艘潛艇之中，實是一點反對的餘地都沒有的。

木蘭花焦急地等待著，她並不知道時間究竟過了多久，她只是覺出自己身上的冷汗越來越甚，然而她面上的神色，卻仍然鎮靜如恆。

面臨生死的大關，如果說不焦急，不緊張，那實是欺人之談，但像木蘭花和薩都拉那樣，在最沒有希望的環境之中，仍然絕不屈服，仍然頑強地為自己爭取更好的環境，這才是真正的人生！

實際上只不過過了十分鐘，但對木蘭花而言，卻像是一世紀那麼久。

「水星」的聲音終於傳了出來：「好，我可以聽取你的計畫。」

木蘭花心頭的一塊大石落地，她立即回答：「我必需和你單獨晤談。」

「水星」又靜了片刻，只見艙門打開，兩個一望而知是身手異常矯捷的黑龍黨徒，已經站在門口，他們的手中都握著槍。

他們並不開口，只是以槍口指著木蘭花。

在那一瞬間，木蘭花幾乎以為「水星」是在調侃自己，而那兩個人是被派來執行自己的死刑的。但是「水星」的聲音，卻解除了她的疑慮：

「你可以跟這兩個人前來見我。」

木蘭花站起了身來。

在那一瞬之間，她心中迅速地盤算著。她本來是準備在見到了「水星」之後，設法與之一拼，同歸於盡的，但是那可能性是微乎其微的。木蘭花曾經到過「水星」的辦公室，她看到許多機鈕，毫無疑問，其中必定有無線電控制的自動武器，可以說，她一進「水星」的辦公室，便置身於自動武器的控制之下。

只消「水星」略動一動手指，她的生命在一秒鐘之間便可完結，而即使她能夠在萬分之一的機會中獲勝，她至多也只能夠做到和「水星」同歸於盡而已。

本來，木蘭花是絕無其他辦法的，可是，兩個黑龍黨徒在艙門口出現，卻提供了一個新的辦法給木蘭花考慮！

因為那兩個黑龍黨徒的手上都握著湯姆生槍，那是一種威力十分強大的槍械，子彈可以射穿一點五公分的鋼板。她如果能將那兩個黑龍黨徒制服，奪到那兩柄槍的話，那麼她就可以在這個窄小的艇艙之中負隅頑抗，甚至於和「水星」作討價還價。

比較起來，是新的辦法有利得多了！

她只不過想了十來秒鐘，她的心中便已經有了新的決定。

她站了起來，說道：「你們的領袖要你們帶我去見他，你們都聽到了？」

她一面說，一面以十分輕盈的步子，向那兩個黑龍黨徒走去，完全是十分輕鬆，十分不在乎的神情，她的那種神情，使人的戒備放鬆。

何況那兩個黑龍黨徒心中早就以為對付這樣一位年輕美麗的小姐，居然要出動兩支湯姆生槍，那實在是太可笑了。

所以，當木蘭花來到他們兩人面前，仍繼續向前走去的時候，他們也未曾特別在意，只是跟著木蘭花的去向而轉過身來。

那艙十分窄小，門自然也不會寬，只不過兩呎左右，木蘭花踏出了門外，那兩個黑龍黨徒跟在後面，還在艙內，他們是並排站立著的。

木蘭花的樣子，完全是準備繼續向前走去的，可是在突然之間，她卻向後退來，在那兩個黑龍黨徒還未曾明白木蘭花為什麼突然自門口退了回來之際，木蘭花的手肘陡地一縮，向後撞去！

這時候，木蘭花所穿的衣服並不是她自己的，寬大的衣袖，更起了掩飾她行動的作用，當那兩個黑龍黨徒想要開口時，木蘭花的手肘已經重重地撞中了他們的胸口！

那兩人怪叫一聲，痛得身子震了一震。

而就是在他們兩人身子一震之際，木蘭花又退出了半步，雙手齊出，抓住了兩人手中的槍管，身子一矮，手背自後至前，自下而上，倏地轉了一個大圓圈。

那是柔道之中的「大捽法」，對付一個敵人能夠使這樣「大捽法」的，已經是柔道的高手了，但木蘭花卻雙手齊施「大捽法」！木蘭花在柔道上的造詣之高，可想而知。

而且，木蘭花這時並不是抓住了兩人的手腕，而只是抓住了兩人手中的槍！如果這兩個黑龍黨徒夠機警，能夠在那一瞬間知道木蘭花的目的，不但是在於奪槍，而且還在於將他們兩人摔出去的話，那麼他們可以立即鬆手，將手中的槍放棄。

如果那樣的話，他們雖然失了槍，但是人卻不致被摔出去。

而木蘭花直到抓住了槍管之際，還是背對著他們兩人的，只要他們的身子不跌出去的話，他們可以迅速地用「大砍手法」對付木蘭花，砍木蘭花的後頸，那麼，木蘭花縱使搶到了槍，也沒有用處！

可是，那兩個黑龍黨徒卻沒有那樣的急智！他們一覺出手上一緊，非但不肯放鬆，而且還將五指抓得更緊！

這樣一來，他們手中的槍，就等於是他們手臂的一部分一樣，木蘭花抓住了槍，也等於是抓住了他們的手臂，「大摔法」一使出，只聽得「砰砰」兩聲響，那兩個黑龍黨徒先後從艙門中跌了出去，撞在走廊對面的艙門之上！

而當他們身子摔出的時候，他們已沒有法子不鬆手了，木蘭花將兩柄槍向上一拋，立即又同時接住了槍柄，那兩個人爬起身來想逃，但木蘭花已冷冷地道：「別動，站在我面前。」

兩個黑龍黨徒面無人色地站定，對面的一扇艙門打開，有一個人探出頭來，一看到這等情形，連忙又將艙門關上。

在木蘭花的身後，艙的左上角處，又傳來了「水星」的聲音。

「哈哈！」「水星」竟然在笑著，「佩服，佩服，穆小姐，你的身手的確不凡，我如今知道『土星』和『金星』為什麼不是你的對手了，但是，你以為可以逃出我的手掌麼？」

現代的科學技術，可以將擴音器製成一枚螺絲釘那樣大小，「水星」的聲音會從艙的左上角發出來，當然是那上面裝有傳音器的原故。

而且，「水星」顯然是看到了剛才在那裡所發生的一切變化的。

那也就是說，在走廊上，或是在那個艇艙中，的確是有秘密的電視攝影裝置的，「水星」在他的辦公室中便可以看到這裡的一切。

「哈哈，」木蘭花也報以一笑。「康斯坦丁先生，你的聲音之中像是十分慌張呢！」

「哈哈哈！」「水星」康斯坦丁的笑聲，不斷地傳了過來。

4 獲救

木蘭花繼續說道：「這是一艘二次世界大戰末期的潛艇，我看出是日本製造的，日本在二次大戰末期，國內鋼鐵奇缺，一切的軍用品設計，也都作過修改，可以說只是僅堪使用的地步，我想，這艘潛艇的鋼板，不會厚過十二公分吧！」

「水星」仍在笑著，但是他的笑聲，聽來已是極之牽強。

「那也就是說，」木蘭花繼續說著：「我們可以同歸於盡。」

當木蘭花講出了這一句話的時候，「水星」的笑聲再也繼續不下去了。

「潛艇如今是在海底，哈哈，」木蘭花反倒笑了起來：「如果我射穿了一個洞，海水便會湧了進來，如果我射出了兩個洞，空氣便會因為海水迅速的湧進而逸出，這兩者都是以極高的速度進行的，因為子彈的彈孔太小。」

木蘭花略頓了一頓，才問道：「康斯坦丁先生，你在潛艇中的時間比我久，你可知道，在那種情形下，會發生些什麼？」

「水星」康斯坦丁並沒有回答，但是木蘭花卻可以聽得他沉重的呼吸聲。

「在那樣的情形下，」木蘭花自己回答自己的問題：「由於壓力平衡的消失，這艘潛艇會炸起來，炸得成粉末一樣！」

「你能夠生還麼？」「水星」狂叫著。

「我沒有什麼關係，」木蘭花的聲音十分鎮定。「我反正是難免一死的了，是不是？」

「如今的深度是多少？」

木蘭花忽然聽到「水星」這樣問。

她在一聽之下，不禁愕然。但是她卻立即明白了過來，那是「水星」在心慌意亂之際，竟忘了關上和他通話的傳音機，便和他的下屬通起話來了。

接著，木蘭花又聽到了一個十分低的聲音，道：「我們在三千五百呎的深海中。」

「全速上升，全速上升！」「水星」下達著命令。

「水星，我們的機器……只能用半速上升！」

「豬！」「水星」喊著：「我說全速，便是全速！」

「是。」

緊接著，潛艇便突然發生了激烈的震盪，木蘭花的身子幾乎站不穩。

她聽到有人叫道：「天啊，發生了什麼事情？」

木蘭花各方面的知識都十分豐富，她知道，機器已殘舊到不能發揮全力的時候，若是再硬要全力使用，那是十分危險的事情。「水星」當然是因為不甘心受她的威脅，而作出這種冒險的決定的！

因為，只要潛艇一升上了水面，那就不存在什麼「壓力不平衡」的問題，木蘭花也絕不能以兩柄湯姆生槍來威脅他了！

可是，「水星」所冒的險卻是太大了！潛艇在不到三分鐘內震盪的劇烈程度，增加了百分之一百。

木蘭花聽到有人在叫嚷說：「我們的機器不行了。」

「誰說不行？」「水星」的聲音，在這時聽來分外冷酷：「我們已經上升兩千呎了。」

「水星」的話剛一說完，便聽得潛艇的尾部傳來了隆隆的聲響，接著，濃煙像是從四處冒出來一樣，充滿了走廊之中！

木蘭花連忙退回到了艙中，向薩都拉問道：「你能夠行動麼？」

薩都拉早已坐了起來，他扶著床，站了起來。

「我想可以的，但是——」他笑了一下，續道：「但是，潛艇若是毀了，我們會有逃生的機會麼。」

「不，」木蘭花糾正著他的話，「我們可以逃生的，潛艇中有逃生設備的。」

這時候，從潛艇尾部中傳來的隆隆聲，軋軋聲，幾乎蓋過了一切，木蘭花不得不提高了聲音，才能使薩都拉聽到。

在那樣情形下，他們當然不怕「水星」再聽到他們的談話了。

「潛艇上有許多人，能輪到我們麼？」

「我們不必從逃生管逃生，我們可以使用魚雷管，多數人不知道魚雷管也是可以逃生的，來。我們快走吧。」木蘭花和薩都拉兩人幾乎是同時這樣說的。

走廊中的濃煙，越來越甚！而且，在轟隆聲中，還響起了驚心動魄的警號聲。

木蘭花和薩都拉兩人，一人握了一柄湯姆生槍，向外走去。

走廊中的人很多，但是誰也看不到誰，人相互地撞著，奔突著，怪叫著，那種情景，和世界末日的來臨，實是沒有什麼不同。

在混亂之中，木蘭花和薩都拉兩人還可以聽到「水星」的喝叱聲。

所有的人，幾乎都是向同一個方向湧去的，木蘭花卻拉著薩都拉向相反的方向而去。走廊十分窄，人和人遇上了，要側著身子才能相互通過。

當木蘭花和一個黑龍黨徒側身而過的時候，那黑龍黨徒在她的肩上拍了一下，道：「喂，你瘋了麼？為什麼不向逃生管去，反向艇尾走，你還想去放魚雷麼？」

木蘭花含糊地答應了一聲，便走了過去。

她本來猜想，一艘潛艇，魚雷管和逃生管是不會在一起的，如今，從那黑龍黨徒的話中，她更證實了她的猜想不錯。

兩人越向艇尾去，就越是碰不到人，他們來到了機艙中，濃煙就是從那裡冒出來的。

那時，薩都拉的行動比木蘭花的行動更快，他顯然對潛艇的內部構造十分熟悉，他摸索著，向前走了七八呎，又突過了一條極窄的走廊，站定了身子，道：「就在這裡！」

當他講出這句話的時候，只聽得「水星」的聲音又從傳音器傳了過來：

「誰也不准使用逃生管，快去修理機器！我們的潛艇會順利升上海面，要不然，它早就爆炸了！」

人聲的洶湧，迅即將他的聲音蓋了過去，緊接著，便是兩下槍響！

「我們要快些了，」木蘭花道：「水星正在彈壓黑龍黨徒，不准他們逃走，他們如果退了回來，我們就沒有機會了。」

薩都拉並不說話，只是以十分熟練的手法，拉開了一個直徑有兩呎的圓門，探頭進去，向前看了一看，歡呼了一聲，道：「我們可以出去了！那魚雷管是最舊式的彈簧活門，如果是電動活門的話，那我們只能出去一個人，因為它必需按鈕才能打開，另一人要留下來為逃生的人按鈕。」

木蘭花呆了一呆，道：「原來這樣，我卻沒有想到這一點！」

「快，我先爬進去，你跟在我的後面，當我們到達發射點的時候，我拉動彈簧掣，我們兩個人便會以極高的速度彈出去的。」

「你身體行麼？」木蘭花關心地問。

「本來，我幾乎連站立的氣力也沒有，但是有你的鼓勵，我卻變成什麼打擊都經受得起了。」

薩都拉一面說，一面向魚雷管中爬了進去，木蘭花跟在他的後面，兩人爬進了魚雷管中，已聽得人聲湧了過來。

薩都拉問道：「你的腳可踏到了一個高起來的鐵塊？」

「踏到了。」

「那便是強力的彈簧掣，當我按動開活門的掣時，那裡便會產生出極大的衝力，將我們兩人自管中射出去的！」

「那你呢？」木蘭花問。

「我也踏著一個掣，在管中一共有兩個掣，魚雷上有兩個凹槽。當魚雷被送進魚雷管的時候，便在這兩個掣上固定，魚雷手拉動彈簧掣，魚雷便射出去，這是最舊式的裝置，我估計這艘潛艇一定立即就要爆炸了！」薩都拉匆匆地解釋著。

他話才一講完，便道：「準備，一——二——三——」

當木蘭花聽到薩都拉講出一個「三」字之際。她只聽得耳際「嗡」地一聲響，她所踏的那個掣發出了一股極強的力道向前撞去，她人像是魚雷一樣地向前直衝了出去。

幾乎只有一秒鐘的時間，她已經穿出了魚雷管，來到水中了！

她在剎那間簡直感到整個人都要炸了開來一樣的難過！那當然是因為她在水中移動太過快速的原故。

但水的阻力使她在水中前進的速度迅速地慢了下來，當她夠力量浮出海面尋找薩都拉的時候，突然聽到了「轟」地一聲巨響，海水起了劇烈的震盪，回頭看去，海水冒起了幾股水花，水花之中夾雜著鋼鐵的碎片，水面上，迅速地浮起了油花！

那艘潛艇爆炸了！

看情形，潛艇是在快要浮上海面之際爆炸的。

木蘭花吸了一口氣，他在海面上尋找薩都拉，她知道薩都拉受過嚴重的折磨，只怕會支持不住，而沉入海底下去的。

但是她這個憂慮倒是多餘的，因為薩都拉的身子，就在她前面十來呎處浮上了海面，木蘭花連忙游了過去。

薩都拉喘著氣，他面上和身上的傷口，顯然是因為海水的泡浸而異常疼痛，因為他面上的肌肉扭曲著，見了木蘭花，一句話也講不出來。

木蘭花抓住了他的手臂，放在自己的肩上。

「我……們……出來了……」薩都拉掙扎著說了一句。

「可是我們還在印度洋中飄流。」木蘭花苦笑著回答他。

就在這時候，忽然在他們的身後響起了一個聲音，道：「先生小姐，可要搭順風船？」

木蘭花連忙回頭看去，她不禁呆住了！

她看到一隻橡皮艇，艇上像是還有幾包密封的食物，而在艇上，則是穿著救生衣的「水星」康斯坦丁！

康斯坦丁的全身頭髮也濕了，他的一綹頭髮貼在他的前額，使他看來更是凶狠，他的手中卻握著一柄小手槍，對著兩人。

當木蘭花看到潛艇爆炸的時候，她只當「水星」也已死了，然而這時，她才知道不是那麼一回事！

「水星」不許別人逃生，但是他自己卻從逃生管中逃了出來，而且還帶了橡皮艇和食物，那幾隻鐵罐中，看情形是清水。

「水星」康斯坦丁是一個殘酷的人，木蘭花是知道的，但卻也想不到他會殘酷到這一地步！一時之間，木蘭花一句話也說不出來。

薩都拉卻道：「康斯坦丁，我認輸了。」

「已經遲了。」「水星」冷冷地說，他手中的手槍向上略提了提。

「你完不成『太陽』給你的任務，將會如何？而且，我已答應你的要求了。」薩都拉說著。一面以手肘撞著木蘭花。

木蘭花立即明白了薩都拉的用意。

康斯坦丁手中的槍低垂了些。

「好，我只要你，不要木蘭花，我要看著她為印度洋中的虎鯊所噬！」

「水星」狠狠地說，顯然他對木蘭花恨到了極點。

木蘭花毫不留情的罵道：「薩都拉，你這沒有骨氣的東西，你——」

薩都拉推開木蘭花，逕自向前游去。

木蘭花掉轉頭，向相反的方向游出，但是她游出了五碼左右，卻立即潛下水去，木蘭花剛一潛下水，「水星」康斯坦丁便已經驚覺了，他手中的槍響了起來，一連響了三下。

海面之上，飛起了三道水柱，木蘭花並沒有受傷，因為木蘭花已潛下了十五英呎以上，已經出了手槍在水中的射程之外了。

她在水中，以最快的速度向前游著，然後，她猛地向上升了起來，頭頂在橡皮艇上，雙手用力一推，橡皮艇已被推翻了。

橡皮艇一翻，「水星」手舞足蹈地向下跌了下來，那時候，薩都拉恰好來到橡皮艇的旁邊，薩都拉揚起拳頭來，對準了「水星」的下顎猛擊了過去。

那一擊，康斯坦丁是沒有法子受得了的，因為那是薩都拉融合了仇和恨的一擊，力道大得出奇，「水星」的頭猛地向後揚去，恰好橡皮艇中的一箱食物跌了下來，壓在他的頭上。

「水星」像是一柄斧頭也似，直向水中沉了下去。

木蘭花自水中冒起來，薩都拉大聲叫道：「成功了！」

「快撈食物和罐裝水，我們要靠它們維持生命的。」木蘭花掠了掠頭髮，又潛下水去。

當她再從水底下浮上來的時候，她的手中捧著七八罐罐頭，她用頭用力一頂，又將橡皮艇頂正，將手中的東西放入艇中。

她和薩都拉兩人潛下了水中五六次，到實在已沒有東西可以打撈了，他們才一起到了橡皮艇上，將艇中的水淘出去。

也就在這時候，他們聽到了「水星」康斯坦丁的叫聲，康斯坦丁叫道：「請救我！請救我！」

薩都拉和木蘭花兩人循聲看去。「水星」康斯坦丁在十三四碼附近，他的額角上鮮血涔涔而下，他盡力想浮上水面來，但是他的身子卻越來越向下沉去。

他所發出的呼聲，淒厲而又急促，顯然，木蘭花和薩都拉兩人若是不加援手的話，他是一定要浸死在海中的了。

「哼，」薩都拉冷笑了一聲：「你也有今天麼？對不起得很，客滿了！」

「請救我，」「水星」喘息著：「救我……上橡皮艇，你們不能見死不救的。」

「水星先生，」木蘭花冷冷地道：「那艘潛艇中的數十名黑龍黨徒呢？他們在緊急關頭可得到逃生的待遇？你可曾想到他們？」康斯坦丁的面上現出了一種極其驚恐的神色來道：「你們……你們不準備救我？」

「不！」薩都拉斬釘截鐵地回答。

康斯坦丁的身子又向下沉了一些，他要勉強掙扎，才能使口部露在水外，可以使他講話。

「你們，」他氣急敗壞地說：「你們不必那樣，你們……救了我，我可以向你們報告黑龍黨所有秘密，使你們能夠建立大功。」

「水星先生，你是一個十分卑劣的叛徒。」薩都拉冷冷地斥責。

「我要改邪歸正，你們不能不救我，你們不能不救一個已準備歸正的人！」「水星」幾乎是在聲嘶力竭地叫著，他原來那種高貴的神態，做作的聲音，不知去了何處。

「唉，」木蘭花嘆了一口氣：「他說得有道理，我們不能不救一個棄邪歸正的人。」

「穆小姐！」薩都拉立即大聲道：「你想，像他這樣的罪犯，會棄邪歸正麼？他無非是想我們救了他，然後再害我們。」

木蘭花望著漸漸向水中沉下去的「水星」康斯坦丁，道：「你說得對，但是他既然有了這樣的表示，我們就不能不給他一個機會。」

「唉，」薩都拉也嘆了一口氣：「穆小姐，你比我聰明，才能也比我高，我們兩人的意見若是發生了分歧，我以你的意見為依歸。」

木蘭花抓起了一團繩子，向「水星」拋了過去，「水星」伸了幾次手，才抓住了那團繩子，慢慢地向橡皮艇移近了過來。

他雙手攀住了橡皮艇，浮了上來，上了艇，仍然不斷地在喘氣。

木蘭花抓起一罐水，鑿了兩個洞，送到他的面前，他仰起了頭，不斷地喝著，在他喝到一半的時候，薩都拉伸手將之搶了下來，道：「我們不知道要在海上漂流多久，食水將是最寶貴的東西，絕不能任性亂喝。」

「水星」伸手抹了抹口，他面上惶恐的神情雖然還在，但是卻已減退了許多。

「我們不會漂流很久的。」他喃喃地說。

他這句話說得聲音很低，但是木蘭花和薩都拉兩人卻都已經聽到了。

「你這話是什麼意思？」木蘭花立即問。

「沒……沒有什麼。」「水星」的神態有些慌張。

的事情！」

「哼！」薩都拉冷笑著：「別忘了我們如今要將你推到海中，是輕而易舉

「水星」的面色變得十分蒼白：「我……我是說我們的食物和食水，將不會使我們能在海面上漂流多久而……言的。」

「那麼，為什麼你在獨自逃生的時候，不帶多一些東西呢？」木蘭花問。

「我……我沒有時間多作準備。」

木蘭花和薩都拉兩人，都聽出「水星」的話中像是隱瞞著什麼，但是他們知道狡猾的「水星」是絕不肯將他隱瞞的事講出來的。

兩人互望了一眼，木蘭花笑道：「水星先生，剛才你曾答應過改邪歸正，向我們透露黑龍黨的一切內幕的，是不是？」

「水星」像是根本忘記了這件事一樣，他「噢」地一聲，道：「是，是，我這樣說過。」

「如今，是你實現的時候了。」木蘭花的聲音變得十分冷峻。

「在這裡？」「水星」搖了搖頭：「等我們獲救了之後再說吧。」

「不，在這裡，就是現在！」木蘭花斷然地命令道。

「快說！」薩都拉雙手抓住了「水星」的肩頭，猛烈地搖了搖，連橡皮艇

也晃了晃。

「好，我說，黑龍黨的首領是『太陽』。」

「太陽是什麼人？」

「我不知道，我雖然是『水星』，是最近『太陽』的人，但是我卻未曾見過他……不，不，我不是未曾見過他，我見過他三次，第一次，『太陽』是一個老年人，第二次，他是一個老婦人。第三次，是一個中年人，那是極端高明的化裝術的結果，黨內沒有人可以知道『太陽』是什麼人。」

「好，那麼你如果要求見『太陽』，用什麼方法和他聯絡？」木蘭花問。

「這……」「水星」猶豫了起來。

薩都拉將他一推，他的上半身已出了橡皮艇。

「我說了，我們先在『阿拉伯時報』上刊登一則廣告，他看到了廣告，就會和我們聯絡的。」

「笑話，如果你們有緊急的事情，那又怎麼辦呢？」

「我……們撥電話。」

「什麼號碼，什麼地方的電話？」

「是巴城，電話號碼我這時說了，你們肯相信麼？」

「巴城，我們國家的首都！」薩都拉憤慨地說著：「那就是說，你們的總部，是設在我的國家首都巴城的了？」

「水星」閉上了口，不再說下去。

薩都拉憤怒地在「水星」的臉上摑了一掌，道：「你連這個最普通的問題都不肯回答，還說什麼棄邪歸正？」

「薩都拉先生！」「水星」撫著臉，狠狠地說：「我會記得你這一掌的。」

「你更應該記得你剛才浸在水中的時候所講的話，這一掌，只不過是我報答你施在我身上的痛苦萬分之一而已！你鬼叫什麼？」

「水星」轉過頭去。

薩都拉的面色十分莊嚴，道：「穆小姐，我們不應該再留他在橡皮艇上！」

木蘭花沉吟不語，「水星」突然站了起來，木蘭花只當他想要偷襲，連忙伸腳一勾，「水星」的身子跌了下來，他伸手指著空中，道：

「救星來了，救星來了！」

就在這時，木蘭花和薩都拉兩人也聽了軋軋的機聲。

他們一齊抬起頭來，只見一架銀灰色的水上飛機，正在他們的上空盤旋，他們可以清晰地看到，機翼上的徽號，說明這架水上飛機是屬於一個中立國家的。

木蘭花和薩都拉兩人均不約而同地舒了一口氣。一時之間，他們都沉浸於即將獲救的快樂中，卻沒有想到何以救星來得如此之快。

水上飛機越來越低，終於在海面上停下，向他們的橡皮艇滑了過來，越過了他們的橡皮艇七八十碼之後，停了下來。

機艙的門打開，有一艘快艇被吊了下來，兩個穿著深藍色制服的人，也沿著鋁質的長梯，到了快艇之上。

馬達「啪啪」地響著，快艇迅即到了他們的橡皮艇之前，薩都拉先站了起來，道：「我是某國的內政部長，多謝你們的救援。」

那兩個穿著藍色制服的人十分有禮，道：「部長先生，請。」

薩都拉和木蘭花兩人相繼上了快艇，「水星」也跑了過去，快艇立即回到了水上飛機的旁邊，艙門口站著一個相貌十分詭異的歐洲人，他瘦而高，面上的那種笑容，使人一看便知道他的性格殘忍之極，似乎猶在康斯坦丁之上。

他身上也穿著那種藍色的制服。

薩都拉走在最前面，在鋁質的長梯上爬了上去，那中年人伸手道：「歡迎，歡迎。」一側身空出了地方，讓薩都拉走進了機艙。

木蘭花跟在後面，當她來到這中年人面前之際，那中年人也道：「歡迎，歡迎。」

就在這時候，木蘭花看到那中年人的襟頭，掛著一個鐵十字勳章，那是希特勒主政德國時期的東西，可以說是醜惡的象徵！然而，那中年人卻將之掛在襟前。

那中年人會可能是中立國家的救援隊人員麼？

木蘭花是腦筋極之靈活的人，當她一看到那人的襟前掛著那枚鐵十字勳章之際，她立即覺得事情十分不對頭。

她也立即想起，「水星」康斯坦丁曾經說過，他們不會在海面上漂流太久。她更想起，在他們將「水星」救上了橡皮艇之後，「水星」的態度十分囂張，像是有恃無恐似的。

她也想到，那架水上飛機來得太及時了，「及時」得有點令人可疑。

這一切歸納起來，都說明一點：那架水上飛機是黑龍黨的，那個站在機艙門口的中年人，一定是黑龍黨十大頭子之一，而這架水上飛機會如此「及時」地出現，極可能就是「水星」從潛艇中逃生之前召來的！

5 深入虎穴

木蘭花想到了這一點，她所費去的時間，還不到一秒鐘。那極短的時間之中，她已經有了決定，她在那中年人的身邊站了一站，伸出了手來，道：「多謝你們的及時來到。」

那中年人顯然未曾料到在那麼短的時間之中，木蘭花已經猜到了他真正的身分，他也伸出手來，面上帶著不懷好意的微笑。

兩個人的手握了一下，在那中年人來說，那只不過是禮貌上的一握，但是在木蘭花來說，那卻是早有準備的一握！

兩人的手才一握上，木蘭花的身子便陡地一側，手臂向後一縮，猛地向外揮出，這是柔道中的一式「半摔」，如果是在陸地上的話，那麼木蘭花至多只能將對方摔倒在地上而已。

但如今卻不同，如今是在水上飛機的艙門口！當木蘭花用力一摔之後，那中年人一個蹌踉，身子便向外跌了出去，木蘭花立時又毫不留情地在他的頭上重重地踏了一腳。

同時，她俯了一俯身，手已經十分靈活地將那中年人腰間的一柄德國製大口徑軍用手槍扯了出來。

那中年人向下跌去，恰好撞在鋁質長梯上向上爬來的「水星」身上，兩個人一起向海中跌了下去，木蘭花已轉過身來，以手中的手槍對準了機艙另外兩個穿藍制服的人。

「過來！」她命令著。

這一剎那間所發生的變化，令得薩都拉也為之莫名其妙。

那兩個人舉著雙手，走了過來，木蘭花一等他們來到了身前，便迅速地解除了他們的武器，將槍拋給了薩都拉，一腳一個，將這兩個人也踢下了海中！

她按動了門旁的一個掣，鋁質長梯縮了起來，機門關上。

從機艙通往駕駛艙的門這時才被打了開來，一個機師探出頭來。

那機師一看到木蘭花的槍指著他，便陡地呆了一呆，想要立即關上門，但是薩都拉已一個箭步竄了上去，將那機師直揪了出來。

木蘭花又打開了機門，將那機師也推了下去。

海面上，共有六個人，連「水星」在內，都在沉浮掙扎。

水蘭花冷冷地道：「你們快些游開去，飛機開動時的暴風，是會將你們捲到海底去的！」

所有的人拚命向外游去，木蘭花再關上了門，回頭看去，薩都拉已經坐在駕駛座位上了。

薩都拉自阿拉伯東來的時候，便是自己駕著飛機來的，他自然會駕駛水上飛機。

兩隻引擎發出了怒吼聲，在海面上激起了兩個深深的漩渦，飛機開始向前衝去，迅速離開了海面，飛向半空。

他們兩人一起向下望去，還可以見到海面上，那幾個人正在向快艇和橡皮艇游去。

「穆小姐，」當飛機越升越高的時候，薩都拉才開始說話：「我到現在才想到這飛機來得太怪，太湊巧，那當然是黑龍黨的飛機，但是你是怎樣在一上飛機的時候就知道的呢？」

薩都拉的言語之中，充滿了敬佩之意。

「噢，那不算什麼，」木蘭花的態度十分謙虛，「我看到那人的襟前，竟掛著一枚納粹所頒發的鐵十字勳章，而那種藍色的制服，也正像是希特勒的近衛隊員！」

「唉，」薩都拉驚嘆著：「你的觀察力太強了，穆小姐，我想直飛到阿拉伯去，你可同意麼？」

「我沒有什麼不同意的。」木蘭花掠了掠頭髮，高興得笑了起來。

她自然是有理由高興的，因為她在那樣驚險的環境之下，戰勝了強敵！而她更想去會一會黑龍黨的首腦「太陽」，將這個罪惡組織徹底消滅，是以她才毫不猶豫地答應了薩都拉的提議。

薩都拉也笑了。

「穆小姐，我還有一點請求。」

「太客氣了，你想我做什麼？」

「到了我的國家之後，我希望你不但能夠作為我們國家的上賓，而且來領導我們對付黑龍黨。」薩都拉興奮地說。

「領導我不敢當，但是我卻可以盡我的力量來幫助你們，我相信，穆秀珍一定已經在你們的國家中了，是我叫她去見你們的總理的。」

「卡基！」薩都拉愉快地叫出了他們國家總理的名字，「他和我是從小的朋友，他若是聽到我已為黑龍黨所俘的消息，一定要急得走投無路了。」

「所以我們要快些趕到，要不然，卡基總理可能已派軍艦在海面上搜索那艘潛艇了。」

薩都拉望了一下油錶，道：「汽油的儲備，足夠我們直赴巴城！」

他開始以無線電和巴城機場聯絡，木蘭花則坐在他身邊的副駕駛員的位子上，閉上了眼睛。

她並不是在假寐，而是在盤算著，到了巴城之後，應該用什麼方法來對付黑龍黨。

她考慮到有利的方面，薩都拉是內政部長，可以動員的力量當然十分驚人，而且她行事也可以得到絕對的方便。但是，巴城卻也是黑龍黨的總部。黑龍黨的好手，機智百出的匪徒，也是集中在巴城的，還有那個神出鬼沒的「太陽」，這一切，都使事情不會那樣順利。

木蘭花沉思著，過了許久，才聽得薩都拉道：「你看，下面是紅海了。」

木蘭花睜開了眼睛，她看到了狹長的紅海。

「我已和巴城機場聯絡好了，我已著機場代通知我的家人，我們在巴城降落之後，我想請你到我的家中去住，好麼？」

「當然好，我喜歡和阿敏娜在一起玩，更希望能和尊夫人成為好友。」

薩都拉對於能夠邀請得到木蘭花，顯然十分高興，他哼著阿拉伯的民歌，木蘭花則仍然閉上了眼睛在思索著。

在空中又過了幾個小時，飛機盤旋著，在巴城機場上降落了。

薩都拉是這個國家的第二號人物，身分十分高，機場早已得知了他要降落的消息，戒備得十分森嚴。

當那架水上飛機在跑道上滑行的時候，已有幾輛滿載著武裝警員的車輛駛了過來。

當飛機停下來的時候，一輛流線型汽車在飛機旁邊停下。

從汽車上下來的人，木蘭花幾乎全認識。

走在最前面的（應該說是奔跑在最前面的）是穆秀珍。

穆秀珍的手中，拖著長髮的阿敏娜。在她們兩人身後的，是原來是黑龍黨黨徒，後來改邪歸正了的彭可。

再後面，則是一個一望而知，性格十分溫柔的阿拉伯婦人，她的面上，帶著驚喜之極的表情。

最後出來的，是一個穿著西裝，身形高大的中年男子。

那中年男子，木蘭花雖然從來未曾見過，但是卻看到過他的照相多次了。他就是這個盛產石油的阿拉伯國家的總理，也就是這個國家的領導人，卡基。

「薩都拉先生。你看，」木蘭花一面向機艙走去，一面道：「卡基總理來了。」

「是的，我也看到了。」薩都拉面上的神情十分激動：「他是我最好的朋友。」

他們兩個人先後下了飛機，卡基總理，這位有著「阿拉伯強人」之稱的人，先奔了過來，抱住了薩都拉，穆秀珍則衝了過來，緊緊握住了木蘭花的手。

薩都拉夫人遠遠地站著，眼中流著歡樂的眼淚。

「蘭花姐，我一到巴城，就見到了卡基總理，他正在設法調動海軍力量，機場方面便已經轉來你們的消息了，你們是怎麼脫險的？」

穆秀珍發出了一連串的問題來。

「卜基，我已經知道了黑龍黨的目的，我會立即將我所知，向你作一份詳細的報告。」薩都拉向卡基說著，又向木蘭花指了一指：

「這位是木蘭花小姐，東方的羅賓漢，我是她救出來的，如今，我又請她來一起對付黑龍黨。」

薩都拉夫人走到木蘭花的面前，捧起了木蘭花的手，感情地吻著，倒弄得木蘭花不知如何才好。

他們這許多人一齊擠進了那輛大汽車，車子駛離機場，進入巴城市區。

市區內新型的建築和阿拉伯傳統的建築雜在一起，顯得這個阿拉伯國家正在進步中。

車到政府大樓門口，卡基總理在兩個衛兵的迎迓下先下了車，然後車子直到了薩都拉的家中。

薩都拉是這個國家中地位極高的人物，但是他的住所看來卻並不豪華，那是一幢十分雅緻的小洋房，在這幢小洋房的對面，就有幾幢洋房遠比這一幢來得壯觀美麗。

薩都拉將木蘭花和穆秀珍兩人安排在客房中，才告辭離去。

木蘭花舒服地享受著淋浴，一方面回答穆秀珍連珠炮也似的問題。

晚餐是由卡基總理來招待的，在整個晚餐過程中，木蘭花都注意到卡基總理和薩都拉的不平凡的友誼。

在晚飯後，木蘭花獨自走到了總理府的花園中。花園十分大，木蘭花慢慢地向前走著，離開宴會大廳已很遠了。

猝然之間，她看到在前面的一個噴水池旁的一張椅子上，有一個人坐著。花園中十分黑暗，噴水池的水光，使木蘭花隱約可以看得出那人是一個瘦長個子。

「那人倒有一些像『水星』康斯坦丁。」木蘭花心中在想著。

她剛想著，那人已站了起來，十分有禮地向她鞠了一躬，並且開口道：

「久違了，小姐。」

木蘭花驟然一驚。

那正是「水星」康斯坦丁！

木蘭花連忙向後退了一步，她的背又響起了另一個聲音，道：「容我自我介紹好麼？我便是曾被你踢了一腳的人，冥王星。」

木蘭花的身子凝立不動。那並不是她不想動，而是她背後的一根槍管指著她，使她知道她不能亂動。

「你們的神通可真不小啊。」木蘭花竭力使自己鎮定下來，她有些後悔，為什麼自己獨自走得那麼遠。

「多謝你過獎，小姐。」「水星」重又回復了他那種趾高氣揚的神態：「你是受命令來對付我們的，是不是？」

木蘭花在考慮著該怎樣回答。

這是她到巴城的第一夜，如果在第一夜便又落到了黑龍黨的手中。那未免太說不過去了，她要設法對付！

她聽到遠處穆秀珍正在叫她，這是戒備森嚴的總理府，「水星」和「冥王星」溜進來容易，要帶人出去，難道也如此容易麼？

她想了片刻，才道：「不錯，這裡是你們總部的所在，我只因為這個原因，才到巴城來的。」

「小姐，我們喜歡你的爽直，」「水星」玩了玩他手中的槍，「你的運氣很不錯，『太陽』準備召見你，你不想錯過這個機會吧。」

木蘭花的心中怦地一動。她正愁雖然到了巴城，但仍是一點頭緒也沒有，無從著手，但如果能夠見到「太陽」的話，那麼，可能一切事情都由此開始！

她已經改變了主意，她道：「好，我準備和『太陽』見面，但是我要使我的朋友知道我到了何處。」

「你可以在這附近做下記號。」

「不，我要直接通知他們！」木蘭花一講完這句話，突然大叫了起來：

「秀珍，我在這裡！」

她突然高叫，使得「水星」十分狼狽。

木蘭花早已肯定，既然是「太陽」要見他，那麼「水星」和「冥王星」是絕不敢傷害她的，所以她才突然揚聲大叫。

「蘭花姐！」穆秀珍已叫著奔過來。

「水星」和「冥王星」狼狽地躲進了一排灌木叢中。

「蘭花姐，什麼事？」穆秀珍奔到了近前。

「秀珍，」木蘭花的聲音十分鎮定。「我要去看『太陽』。」

「太陽？」穆秀珍一時之間還弄不明白。

「噢，你別大聲叫嚷！」木蘭花講了一句之後，突然不再出聲，但是她的口唇卻仍然在動，那是她和穆秀珍兩人才懂的「唇語」。

穆秀珍呆了一呆，她留心地察看著木蘭花口唇的動作。

她看出木蘭花在告訴她：有人躲在黑暗中，是黑龍黨的人，他們要帶她去見黑龍黨的第一號人物「太陽」，雖然危險，但是勢在必行，不可聲張，人家若是問起來，就說她突然不適，所以便顧不得禮貌而先行告退了。

穆秀珍十分焦急，她忙道：「蘭花姐，你一個人——」

木蘭花揚了揚手，便轉過身去，顯然不要和穆秀珍講話。

穆秀珍嘆了一口氣。

她自然是知道木蘭花的，她知道木蘭花如果決定了一件事，那是別人所絕對難以勸說得聽的，何況這時候，還有黑龍黨徒隱伏在暗處，她們根本不能夠暢所欲言！

穆秀珍嘆了一口氣，轉身走了開去。

但是，她卻也決定了不照木蘭花的話去做，她匆匆地向宴會大廳的方向走去，準備一見到了薩都拉，便將木蘭花去會「太陽」一事講給薩都拉聽，好準備做木蘭花的後援。

穆秀珍一走，「水星」康斯坦丁首先從黑暗中踏了出來，道：「穆小姐，我們快走，你想你的妹妹會替你保守秘密麼？」

「我想她不會的，我們的確該快些離開這裡了。——請問怎麼離開？」

「那是我們的秘密。」「水星」一揚手，「冥王星」走了過來，他的手中持著一具注射器，和普通醫生用的並沒有分別。

在注射器上，已裝好了針頭，而在黯淡的光線下，可以看到在注射器中，有一種淡藍色的藥水。

「這是做什麼？」木蘭花立即問。

「穆小姐，」「水星」回答：「我們請你接受這一次注射。」

「為什麼？」

「這注射將會使你失去知覺約莫半小時，等你醒來的時候，你便已經在我們的總部之中了，你對於如何去到我們總部這一點，便全無所知了。」

「哼，如果注射器中的是毒液，我又怎樣？」木蘭花憤然地反問。

「穆小姐，請你相信，我們只是代『太陽』來作一次邀請，而絕無意害你的性命，老實說，如果我們有意害你性命的話，你看這個——」「水星」向「冥王星」指了一指。

「冥王星」將手上一柄遠射的長槍向半空中拋了拋，又接在手中。

就在那一拋之間，木蘭花看到這柄長槍上是裝有紅外線望遠瞄準器的，這樣的一柄遠射程長槍，再加上這樣的一具瞄準器，那可以在一哩之內毫無困難地取人性命！

從他們不在自己在花園中漫步，毫無戒備的情形之下將自己射死，這一點看來，這兩人的確沒有取自己性命的意思。但是接受他們的注射，而昏迷半小時，這樣的事情，木蘭花卻也是絕對不肯的。

她搖了搖頭，道：「我拒絕接受注射。」

「那我們也沒有辦法，只好告辭了！」

「水星」和「冥王星」兩人互望了一眼，一齊向後退去。

木蘭花迅速地轉著念頭，她若是失去了這一次和「太陽」見面的機會，會不會給她以後尋找黑龍黨總部一事帶來困難呢？

「太陽」要與自己見面，看樣子還是想拉攏自己，自己的斷然拒絕，會不會使「太陽」悍然採用強硬手段呢？——這對於人地生疏的木蘭花來說，便是十分不利的一件事了。

「慢走，」她只考慮了幾秒鐘，「我們可以用折衷的辦法，你們可以蒙住我的眼，帶我離開這裡，而到你們的總部去。」

「水星」沉吟不語，顯然是他難以作出決定。

而在這時，遠處已經傳來了薩都拉的叫聲，和聽到他以阿拉伯語下著要衛兵進行搜索的命令。

「水星」的身上，這時忽然發出一種清晰的「滴滴」聲，有長有短，一聽便知道是密碼電訊。

那自然是「水星」的身上帶著超小型的無線電收報機的原故。

木蘭花聽不懂那電訊密碼代表什麼，但是她卻立即知道，自己和「水星」所講的話，一定可以通過「水星」身上的無線電傳音裝置而傳到黑龍黨的總部中去，那麼，這「滴滴」聲，應該是黑龍黨總部發出的指示訊號了。

果然，木蘭花料中了。

「好，」在電訊結束後，「水星」立即說：「我們可以採用你的辦法，但是你必需合作，絕不可反抗。」

「當然，我也極想和『太陽』會面。」木蘭花答應得十分乾脆。

同時，她的腦細胞又在迅速地活動著：在「水星」的身上，看不到任何天線或類似天線的東西，在那樣的情形下，無線電傳音設備卻能將她的聲音傳到黑龍黨總部去，那麼，這就證明黑龍黨總部離這裡並不太遠！

這當然是一個聰明的辦法，這裡是總理官邸，誰會想到一個犯罪集團的總部，竟會在總理官邸的附近呢？

這一個發現，使得木蘭花十分興奮。

「冥王星」已經抽出了一條黑絨布，將木蘭花的雙眼綁了起來。

在「冥王星」綁她雙眼的時候，木蘭花的身子在「冥王星」的身上輕輕地靠了一下，便已經在不知不覺之間，將「冥王星」在袋中的注射器，連盒子取了過來，塞在她自己的襪帶上。

她為了出席宴會，而且絕未曾想到會在總理府中遇上黑龍黨的黨魁，所以不但穿著華貴的晚禮服，連防身用的工具也沒有帶，如今偷了這具注射器，是準備應不時之需的。

薩都拉和衛兵奔跑的聲音已越來越近，而且可以聽到，在花園的每一個角落，甚至是圍牆之外，也都傳來了奔跑聲和急速的哨子聲。

木蘭花心中想，「水星」和「冥王星」兩人一定要放棄將她帶走的計畫了，因為如果在那樣嚴密的包圍之下，他們不但能脫身，而且能將她帶走，那簡直是不可能的事情！

然而，「水星」和「冥王星」兩人，卻沒有放棄將木蘭花帶走的意思。

「冥王星」用黑布緊緊地紮住了木蘭花的雙眼，木蘭花雖然想偷看，卻什麼都看不到，她只覺出被「水星」拉著，向前奔出了十來碼。

木蘭花可以清晰地聽到薩都拉不斷地下著命令，而在她附近的奔跑聲，聽來奔跑的人離她決不會遠過五碼以上，可是卻沒有人發現她，也沒有人發現「水星」和「冥王星」。

木蘭花的好奇心可以說增加到了極點：「水星」和「冥王星」是藉著什麼

在掩蔽呢？何以薩都拉和那麼多搜索者竟發現不到他們呢？

木蘭花並不是希望被搜索者發現，因為這時，她根本是抱著「不入虎穴，焉得虎子」之心，自願去見黑龍黨的真正黨魁的。

她只是奇怪著。

她心中的思疑越來越甚，因為「水星」和「冥王星」兩人仍然帶著她向前走著，木蘭花甚至可以聽到穆秀珍的聲音。

穆秀珍在叫著：「她剛才就在這裡的！」

那叫聲聽來也在十碼之內，難道穆秀珍瞎了，看不到她？

木蘭花知道其中一定有原因。但是她殫智竭力，卻猜不出那是什麼原因來。

「水星」和「冥王星」都握住木蘭花的一隻手，使木蘭花無法拉鬆一點黑布去看個究竟，她用力地眨著眼，想將眼上的黑布弄得鬆一點，但是卻一點結果也沒有，她仍是什麼也看不到。

當然，她可以輕而易舉，出其不意地將「水星」和「冥王星」兩人摔倒，拉下眼上的黑布來看個究竟的，但是這樣一來，她或許便見不到「太陽」了。

她忍著心中的好奇，跟著兩人，一起快步地向前走著。

木蘭花計算著步數，她記得沒有轉過彎，走出了一百五十多步——折合一百碼左右，帶著她的兩人，便停了下來。

木蘭花心想：應該還在花園中，但是為什麼聲音都聽不到了呢？

那花園十分大，應該有好幾百碼見方，只走了一百碼，為什麼便像是遠離花園了呢？

木蘭花仍是得不出結論來。

她也跟著停了下來。

她聽到了電鈴聲——是很沉的那種。她記得自己左邊的是「水星」，她也覺得出按鈴的是「水星」，一連按了七下，五長兩短。

然後，她聽到「錚」地一聲響，像是開門的聲音。

「水星」又帶著她向前走出了兩步，她忽然覺出站身的地方，發生了一種輕微的震盪！

木蘭花心中陡地一驚，失聲道：「我們是在什麼地方？」

「你猜呢？小姐！」「水星」並不正面回答。

「是在升降機中！」木蘭花立即猜到了。

「不錯，你猜中了。」

「升降機是在什麼地方的？」木蘭花繼續問。

「多問對你沒有好處，小姐！」

木蘭花想用什麼方法巧妙地引導「水星」回答她的問題時，升降機已經停了，木蘭花又被他們兩人帶了出來，走出了十來碼，彎著身子，進了一輛汽車中。

汽車的速度十分快，而且轉彎轉得特別多，每當在急速轉彎時，木蘭花的身子總不免傾斜。

過了大約十分鐘，車子才停了下來。

木蘭花心中暗忖：自己第一想法已經被推翻了，黑龍黨總部並不在總理官邸的附近。

她被帶下車，又走了十來碼，步下了幾級石級。

在她一出車子的時候，她已聽到了海水的聲音和間中的汽笛聲，這時，她可以肯定，自己已到了海邊上了。巴城是沿海的城市，但到了碼頭之後，再向何處去呢？

她下了石級，只聽得「水星」道：「向前踏一步！」

木蘭花依言踏出了一步，她的身子一沉，接著便搖擺不定，分明是到了一艘艇上。然後，馬達聲「達達」地響了起來，小艇像是在飛快的前去，「嘩嘩」的水聲不絕於耳。

又過了十分鐘左右，木蘭花才被帶上岸，這次，沒有再使用別的交通工具，只是走著，走出了不多久，木蘭花便覺得空氣陡地清新，那分明是已置身於有極好的空氣調節設備的建築物中了。

「已到了麼？」木蘭花輕鬆地問。事實上，她的心中不禁十分緊張，因為她即將會見黑龍黨的第一號人物了！

而且，這時候，她還在黑龍黨的總部之中！

木蘭花可以感覺到她踏進了一間鋪有厚厚地氈的房間，被「水星」帶到一張沙發前坐了下來。

過了兩分鐘，她便聽到對面傳來了一個十分低沉的男子聲音，道：

「穆小姐，你果然十分合作，也十分守信。現在，你可以將你眼上的黑布撕下來了。」

木蘭花連忙伸手，撕下了那幅黑布。

眼前的光線十分柔和，使得她雖然眼前漆黑已久，但仍然可以看清一切。

她看到自己是在一間十分舒服的起居室中。

布置全是古典式的，又華貴又舒適，在她的對面，有著一張單人沙發，可是上面卻並沒有人坐著。

她連忙又四面一看，寬大的起居室中，只有她一個人，那麼，剛才的聲音自何而來呢？

她正在疑惑著，那低沉的聲音又響了起來，還是在她的對面。

「小姐，你不妨當我就在你的對面！」

木蘭花轉過身來，憤然地道：「你這是什麼意思？」

「請別發怒。」那聲音自對面沙發背上傳出來，「小姐。當我的部下邀請你來的時候，只說我要見你，並沒有說讓你也見我，是不是？如今我可以見到你，你是一位如此美麗的小姐，這頗有點出乎我的意料之外。」

「那麼，你是什麼人？」

「我自稱『太陽』，當然，我是比不上真正太陽那樣偉大的。」

「你太客氣了。」木蘭花譏諷地說。

這時，她的心中不禁後悔了起來，她以為自己此行至少可以弄清楚黑龍黨總部所在的方向，就算不能的話，至少也可以見到「太陽」，卻料不到會是如今這樣的一個局面！

「小姐，我們的人，死在你手下的已經不少了，我看不出你還有什麼方法可以逃脫我們的報復，除非你肯走一條路。」

「什麼路？」木蘭花一面打量著四周的情形，一面問著。

在如今這樣對她極度不利的情形下，她只有盡量拖延時間，希望情形好轉。

「你必需加入我們，成為我們的一員。」

木蘭花站了起來，冷然地道：「你的話講完了麼？」

「是的，很簡單的一句話，你如果不答應，那麼你會就此失蹤，沒有人會知道你的下落，你甚至絕看不到殺你的人——我給你半小時的考慮。」

「慢著，」木蘭花大聲說：「我和你是敵人，為什麼你那麼熱衷於要我加入你的集團？」

「太陽」的聲音停了片刻，才又響了起來。

「小姐，你應該知道人才難得。如今，你對薩都拉有著巨大的影響力，只要你加入了我們，薩都拉一定也會加入我們的。那麼，我們便可以說所向無敵了。」

「哼，卡基總理會允許你們在他領導的國家中胡作胡為？」木蘭花憤然地說。

「哈哈！」「太陽」發出了一陣哄笑聲。

木蘭花一時之間不明白「太陽」為什麼要發出這樣的笑聲來，難道「太陽」以為卡基總理是一個平庸而容易對付的人麼？

如果「太陽」那樣以為的話，那麼他就錯了，因為照木蘭花一日來對卡基總理的觀察，她發現卡基總理是一個精明，幹練之極的人！

卡基總理是這個阿拉伯國家的統治人，他領導這個國家已有三年之久，成績甚好，「太陽」怎麼會認為他是庸才呢？

木蘭花不明白這一點，而在如今這樣的情形，她也沒有心思去想深一層，因為「太陽」那低沉的聲音，又已響起來了。

「二十分鐘，小姐，你抬頭看上面。」

6 太陽

木蘭花抬頭向上看去，她不禁駭然後退！

天花板上垂下的吊燈，燈罩的一半自動揭開，四支烏油油的槍管對準了她。

「那是自動控制的，每一秒鐘，每一根槍管中可以射出十二發子彈，只要你還在這間房間中，你就絕逃不出去。我如今將時間掣撥在三十分鐘上，如果你考慮好了，請你按牆上紅色電鈕。」

「我不考慮——」木蘭花立即叫著。

「我還是給你三十分鐘的時間，小姐，你應該知道這是我忍受的最大限度了。」

「不，我要和你本人見面，才能作出決定。」

「那完全是不必要的，而且，老實說，和你單獨相對，我便是在冒險，那是我所絕對不願意的，小姐，容許我提醒你，你的時間只有二十八分半了。」

木蘭花本來正是想見到了「太陽」本人之後，設法制住「太陽」，再另外設法逃走，但是「太陽」卻一口拒絕和她見面。

木蘭花感到在她的冒險生涯之中，從來也未曾出現過像如今這樣危險的情形過，而更令得她啼笑皆非的，竟是她是自己願意投進這個羅網來的！

她對黑龍黨估計得還是太低了。

時間一點一點地過去，木蘭花不時抬頭向天花板上垂下來的四枝槍管望去。只見那四枝槍管，已經在向不同的方同，作上下左右的旋轉。

從這四枝槍管旋轉的角度來看，的確如「太陽」所言，只要在這間房間中，那不論你躲向何處。都不能躲避子彈的襲擊。

木蘭花想到奪門而走，但是她卻驚異地發現，整個屋子是沒有門窗的，只有一個冷氣喉的風口，輸送清涼而新鮮的空氣進房間來。

木蘭花知道有暗門，可是二十幾分鐘的時間，這是不夠尋找暗門的，而起居室中又沒有可以擋避子彈襲擊的東西，例如鋼桌之類。

她四面張望了約有五分鐘之久，陡地抓起兩隻花瓶來，向屋角的一個凸出數寸的裝置拋去。

只聽得一陣破裂之聲過處，隨在那張沙發背上，傳來了「太陽」的聲音，道：「對的，你破壞了電視攝影器，我如今看不到你的動作了，但是我仍然不以為你可以逃得出去，我再提醒你，你的時間，只有二十一分鐘了。」

木蘭花不由自主地喘起氣來。

當一個人自知生命只有二十分鐘的時候。他能不喘氣麼？二十分鐘，那便是說，他的脈搏只能再跳動一千四百次左右了！

木蘭花的手心出汗，她團團地轉了一轉，又頹然在沙發上坐了下來。

「太陽」是如此厲害的一個敵人，厲害到他竟堅不肯露面！敵人不肯露面，那怎能對付他？看來唯一的辦法是屈服了。

但是，屈服，木蘭花苦笑了一下，她的年紀輕輕，然而從她懂事以來，她堅強的性格就使她從來也未曾想到過「屈服」兩字。

如今，除了「屈服」之外，還有什麼辦法呢？

木蘭花迅速地想著。她要利用每一分鐘的時間！

她自己安慰自己，至少現在，她已用花瓶弄毀了電視傳真設備，不論她在這裡做些什麼，「太陽」都看不到的了。

但是「太陽」的手中還握有王牌，那便是無線電控制的自動武器，那四根在向著不同的角度旋轉著的槍管，時間一到，子彈便自動發射！

木蘭花抱著頭，她手心的汗和額角的汗混在一起。

猛地。她抬起頭來，望著那四根槍管，她突然想到，為什麼不能將這也毀去呢？

她拿起一切可以拋去的東西，向上拋去，但是那四根槍管仍然有規律地四面轉動著。

木蘭花喘了幾口氣。

她搬動了兩張沙發，疊了起來，人站到了沙發背上。這樣，她伸起手來，已經可以沾得到那四根槍管了。

可是，當她一伸手而上時，手離其中的一根槍管還有吋許時，她便感到全身猛地一震，身子一個站不穩，突然跌了下來。

那一震的感覺，像是觸電一樣，而木蘭花剛才手指又未曾碰到任何東西，這變化令她錯愕，但是她立即想到，那一定是一種高壓高頻率的電波，使得她無法接近那四根槍管！

一切辦法都已想盡了，怎麼辦呢？

「太陽」的聲音，這時候又響了起來：「只有十二分鐘了，小姐，我更要提醒你。我剛才撥了時間掣，那就是說，我將一切操縱都交給了自動系統，那也就是說，十二分鐘之後，就算我的忍耐還沒有到達頂點的話，自動操縱系統也會發動了！你——」

木蘭花猛地躍了起來，「砰」地一拳，向那張沙發背上擊去。

沙發背上發出了「啪」地一聲響，傳音器被擊壞，「太陽」的聲音立即中斷。

木蘭花不禁苦笑，她破壞了電視傳真設備，如今又擊毀了傳音設備，她可以不給「太陽」看到自己，也可以不再聽到「太陽」討厭的聲音。

但是這一切，又有什麼用呢？只不過十二分鐘——應該說十一分鐘，她在世上的時間，只不過十一分鐘了，如果她還想不出對付的方法的話。

木蘭花感到她手心上的汗已成了冷汗，她的呼吸也變得急促起來。

武器是操縱在自動機器的手中，機器是沒有人性的，它只知道到時間就發作，絕不能動以言詞，也不能去激它，使它停止。

那麼——木蘭花陡地想起，「太陽」命自己按紅色的電鈕，又是什麼意思呢？是不是按了紅色的電鈕之後，便會有門出現，可以供她衝出去呢？

木蘭花忙跳了起來，向牆上的一個紅色電鈕按去。

她只聽得「啪」地一聲響，從牆上翻下了一塊板來，石板的背面，是一分詳細的表格，表格的左端，還貼著她的一張正面照片，表格上面寫著「入黨志願書」五個字。

表格上的所有項目，全都是填好了的，黑龍黨顯然早已設法搜集了有關木蘭花的 切資料，因為若是木蘭花自己來填的話，結果也不過如此了。

而簽名的一項卻是空白，在表格的旁邊，放著一枝筆，那實是再明顯也沒有了，她要簽了這分表才有脫身的可能。

木蘭花憤然地將那張表格抓了起來，用力地撕成了碎片。

時間又被花去了三分鐘，她已經只有七八分鐘的時間了。

木蘭花的心中越來越是焦急！

而在同時，心中的焦急不在木蘭花之下的，沒有別人了，穆秀珍和薩都拉兩人的心情，便同樣地焦急如焚。

卡基總理已下令開著了只有在國慶日舉行盛大的園遊會，招待外交使團時使用的照明水銀燈，數百盞水銀燈大放光明，使得整個花園比白天還要光亮。

白天還有一些地方是太陽光線照射不到的，但是水銀燈的角度卻是多方面的，它令得花園中的一切看來都十分清楚。

可是搜索的人，就是找不到木蘭花。

圍牆鐵絲網上的警鈴未曾響起過，守門的衛兵發誓沒有人通過門口。

照這一切情形看來，木蘭花應該仍然在花園之中。可是一再搜索的結果，木蘭花卻失蹤了。

穆秀珍急得在噴水池旁團團亂轉，薩都拉已下令收隊，兩人在一起，愁眉不展地互望著。

作為主人的卡基總理，和他們交談了幾句，便離了開去。事實上，卡基總理在，也幫不了什麼忙，所以薩都拉也沒有挽留他。

「穆小姐，」薩都拉第十幾次地問道：「你的確是在這裡看到木蘭花的麼？」

「是在這裡！」穆秀珍急得幾乎哭了出來。

她抹了抹眼眶，又道：「至多只不過六七分鐘，我找到了你，立即再回來，她就不見了，她說，她要去見『太陽』。」

「唉，不論她要去見誰，她總得要離開這裡才行，她能飛出去麼？」

「別開玩笑了，薩都拉先生，現在我……們怎麼辦才好啊？」

「唉，除了等待之外，還有什麼辦法可想？」

「等待？」穆秀珍大聲地叫了出來。

薩都拉攤了攤手，表示無法可施。

穆秀珍又大聲道：「我們不能做些什麼對她有幫助的事麼？」

「不瞞你說，我們對黑龍黨所知極少，」薩都拉面有慚色，「可以說是一點線索也沒有！」

「哼，」穆秀珍由焦急而變得漸漸有些不服氣起來，「她是怎麼離開這裡的呢？難道她會飛？會隱身法？會遁地？」

「穆小姐，」薩都拉無可奈何地道：「我去動員我所能動員的力量，對整個巴城進行徹底的搜索，務求找到黑龍黨總部的所在！」

「先生，到那時候，木蘭花她可能已經——」

穆秀珍講到這裡，只覺喉間一陣哽咽，再也難以講得下去！她望著薩都拉，作了一個手勢。

「穆小姐。」薩都拉只好這樣安慰著她：「請你對木蘭花有信心，她曾經在最困難的情形之下脫過險，我相信如今她既是自願到黑龍黨總部去，那麼她自然也會安然歸來的。」

「誰知會不會呢？」穆秀珍喃喃地說。

的確，木蘭花曾經有過許多次幾乎不能脫身，但是終於脫險的經驗。但是這一次卻不同。

以往的許多次，她曾面對著或多或少的敵人，但這一次，卻可以說一個敵人也沒有，她被囚在一間密室中，而受著無線電操縱的武器的威脅，她只有三分鐘的時間了！

室內的空氣雖然非常清新，但是木蘭花的身上卻在冒汗。

她以前好幾次能夠死裡逃生，轉危為安，全靠著她個人的鎮定，然而如今，她卻只覺得自己的鎮定在漸漸地消失。

時間在那樣的情形下似乎過得特別快，一分鐘就像是一秒鐘，而另一個一分鐘，則更快得像是半秒鐘一樣！

她抬頭看去，看到那四枝槍管的撞針正在慢慢向後移去。

她突然忍不住大叫了起來。

也就在這時，她看到了那近天花板處的冷氣喉。

冷氣喉是從牆中通過來的，在牆的頂部，鑿了一個約十寸高，兩呎寬的洞，洞口裝著調節格。

那是逃生之路！

時間無多了，可能只有幾十秒，木蘭花在一隻硃櫃上一頓腳，身子向上躍起了三四呎，她伸手攀住了冷氣喉外面的風向調節格，用力一拉，將之拉了下來，而她的左手已攀住了牆洞。

冷氣從洞中噴出來，使得她禁不住連打了幾個寒戰，但她已無選擇的餘地，她可能只有十幾秒鐘的時間了。

她先向洞中伸了伸頭，勉強可以伸得進去，她縮著手，將身子向牆洞中擠著，擠過了牆洞之後，便是冷氣喉，那比較高上半呎，可以令她較為舒服地伏著。

然後，她便聽到了槍聲。

在「呼呼」的冷風中，聽著身後傳來的槍聲，她的身子禁不住一陣又一陣地發抖！

「太陽」並不是在說著玩，木蘭花早知道他不是在說著玩。

自動武器依時開火了！

從那四枝槍管旋轉的角度來看，的確室內的任何角落都在射程之內。

但是木蘭花卻也知道她是安全的。因為在距離天花板一呎處，那是安全的，槍管並不射向天花板，因為沒有人能附著在天花板上。

但木蘭花如今卻幾乎做到了，她鑽進了冷氣喉中，冒著徹骨的冷風。但這顯然是值得的，因為她已經逃開了那四支自動槍的射擊。

木蘭花試著伏著向前移動著身子。

約莫過了三分鐘，她才聽得槍聲靜了下來，木蘭花計算那三分鐘內射出的子彈少說也近一千發，那間房間中的一切，一定都已粉碎了。

但是，當「太陽」未發現她的屍體時，就一定可以知道她是逃向何處的了，因為只有那一個地方是逃生之途！

所以，她必需向前爬，直到「太陽」找不到她為止。

她左右挪移著身子，胸部和腹部貼在用隔聲板做成的冷氣喉上，像蛇一樣地移動著身子。

她無法看清眼前一吋的東西，因為冷氣喉內，黑得一點光線也沒有。

她不斷地向前爬，終於，她看到了光亮，她向前爬去，光亮越來越甚，她看清楚了，在她前面是一個高約九吋，寬約兩呎的洞。

在洞上，裝有風向調節格。那是通向另一間房間的冷氣口。

木蘭花本來以為，自己一直向前爬去，會順著冷氣喉爬到冷氣機前去的。冷氣機當然是裝在地窖中，她已經設想了一些脫身的辦法。

但這時，她知道自己的猜想錯了，她可能在爬行途中改變了方向，所以才會來到了另一間房間的冷氣口處。

她一直爬到了調節格前才停了下來，向下面看去。

從上面看下去，她可以看到下面房間的一半。

她看到，在自己對面的牆上，安裝著兩排八台巨型的電視機，其中一台開動著，在螢光幕上現出來的，是薩都拉和穆秀珍兩人，木蘭花立即認出，那是在總理官邸的花園中！

木蘭花心中不禁暗暗吃驚，她身在黑龍黨的總部之中。但是在黑龍黨的總部中，卻可以直接看到總理官邸發生的事，這豈是可以想像的事？但這卻又是的的確確發生在她眼前的事！

木蘭花知道那當然不可能是無線電視。無線電視的傳播，要依靠高出地面許多的發射臺，如果說黑龍黨徒竟能在總理官邸中安置一座電視發射臺的話，那簡直是天方夜譚了。

電視的傳播方法只有兩種，不是利用無線電波直接傳播，那便是有線電視，在電視攝影機和接收機之間有線相連。

那也是難以思議的事情了。

木蘭花記得非常清楚，她到這裡來的時候，不但坐過車，而且坐過快艇，那絕不會是短距離的路程。

而黑龍黨徒居然能在總理官邸和黑龍黨總部之間，拉上一條電視傳播線，使得在總理官邸發生的事，立即可以出現在設在黑龍黨總部的電視螢光幕上，這未免太以神通廣大了！

黑龍黨徒是用什麼方法進行這項工程，而又不給人發覺的呢？

木蘭花的心中充滿了疑惑。

她只是略想了一想，便沒有再想下去。

那並不是她不想探索其中的秘密，而是如今的環境，實在不是探索這一切疑點的時候。

她身子冷得直發抖，她要先求脫身，然後再仔細地將所經歷的一切歸納起來，一件一件來謀求解答，以求得真相大白。

她從風向調節格中看出去，可以清楚地看到急得團團亂轉的穆秀珍，和無可奈何的薩都拉。

她還可以看到屋中其他華貴的陳設。

最後，她看到了一雙腿——一雙小腿。

那雙小腿擱在一個金色絲絨的凳子上，腳上套著軟羊皮拖鞋，有一條腿正在微微抖著，顯然那兩隻腿的主人，正在十分舒服地欣賞穆秀珍和薩都拉兩人的焦慮。

木蘭花竭力想看清那是什麼人，但是她卻辨不到，因為她根本只能看到那間房間的一半，她只好仔細地打量著那一雙小腿。

那是一個男人，名貴的羊毛質地的長褲，青灰色的條子花紋，並沒有穿襪子，木蘭花留意到左腳的腳背近腳踝處，有一個如銅錢大小的紅色的疤痕。

木蘭花心知若是自己以後再看到那雙腳，她一定可以認得出來的。

那人在這兩排電視機前，那當然也是黑龍黨中的重要人物了。

木蘭花伸手推了推面前的調節格。

她知道要將之推掉，並不是什麼難事，但如何才能不發出聲音來，不讓下面那人知道呢？

木蘭花正在躊躇間，忽然聽得下面響起了「水星」康斯坦丁的聲音：

「太陽，太陽，木蘭花不在了。」

接著，她又聽到了兩下冷笑聲，另一個聲音道：「她當然不在了，她還能活著麼？」

那後一個聲音，木蘭花認出，那正是當自己囚在那間房間中的時候，和自己對答的「太陽」的聲音！

木蘭花的心怦怦地跳著。

她迅速地得出了推論：「水星」進了那間房間，發現並沒有自己的屍體，所以立即通過傳話器向「太陽」報告。

那麼，在這間房間中的，不是別人，竟然就是「太陽」了？

自己竟誤打誤撞，來到了這個黑龍黨第一黨魁的房間之上！

木蘭花的心劇烈地跳動著，她又是緊張，又是興奮。

7 兒島谷溫

只聽得「水星」康斯坦丁的聲音又傳了過來，道：「『太陽』，她不見了，她不在房間中，她已經失蹤逃出那間房間了。」

「太陽」發出了一下難以形容的怪叫聲。

木蘭花倒希望他能夠一躍而起，讓自己看清楚他的本來面目。

但是「太陽」卻只是縱起雙腿，接著，一台電視的螢光幕上，出現了許多紊亂的線條，卻始終不能構成一個畫面。

木蘭花心想：那一定是「太陽」想看一看那間房間中的情形，但是他一時心急，卻急忘了裝置在那間房間中的影像傳真設備早已破壞了。

她見到那張金色絲絨面的梯子被一腳踢翻，又聽到「太陽」憤怒的聲音，道：「不可能的，這是不可能的，展開搜索了沒有？」

「水星」的回答很簡單：「已展開搜索了。」

「絕不能讓她離開這所建築物，你們可明白了？」「太陽」下命令時的聲音十分急促。

木蘭花的心中又升起了一個新的疑問：為什麼呢？為什麼「太陽」說絕不准自己離開這所建物呢？難道自己一離開，他們的秘密便要暴露了麼？可是到如今為止，自己卻還什麼都沒有得到。

「你，『冥王星』，『海王星』，在會議室中會合，將指揮搜索的工作交給『地球』。」「太陽」繼續下著命令。

木蘭花聽到腳步聲，聽到一陣鋼珠活動的聲音，她想：那大概是鋼門滑開來的聲音，「太陽」所停留的地方，當然是有最好的安全設備的。

接著，下面便靜了下來。

木蘭花等了約莫半分鐘，才用力地推動風向調節格，將之推了下來。她探頭出去，這時，她可以看到整間房間了，那房間比她想像中的要小些，她剛才可以看到的，是這間房間的百分之八十左右。

使木蘭花感到可惜的是，「太陽」剛才所坐的那張安樂椅，正在冷氣口下，靠牆放著，所以木蘭花看不到「太陽」的真面目。

木蘭花的身子移動著，從冷氣口中鑽了出來，直到她雙足勾住了冷氣口，雙手伸下去，已可以按到那張安樂椅的高背了，她才雙足一鬆，輕輕巧巧地翻下了地來。

她一落地，便拾起了那風向調節板，站在安樂椅的背上，又將之安放在冷氣口上。

她深深地吸了一口氣，如今，她是在黑龍黨總部的最中心部分了！

那問房間，顯然是「太陽」的辦公室和休息室。

在安樂椅的左邊，有一張小鋼桌，桌上有著幾排按鈕，顏色各自不同。

這些按鈕，當然是控制著黑龍黨總部內的一切設置的了。

木蘭花是一個十分細心的人，她注意到那張鋼桌被放在安樂椅的左面，由此可知，「太陽」是一個慣用左手的人。

木蘭花想到這一點的時候，她的心中動了一動，像是記起了一件什麼事情來，但是印象卻又十分淡漠，使她說不出所以然來。

木蘭花並不去碰那些按鈕，因為她不知道那些按鈕的具體用途。

她來到了一張極大的書桌之前，書桌上堆著許多文件，有一大半是阿拉伯文的。

木蘭花並不認識阿拉伯文，但是她匆匆翻了一下英文的文件，心中的吃驚更甚！

因為在這書桌上的文件，可以說全是這個國家的最高密件！

木蘭花實是弄不通，為什麼如此機密的文件，竟會在黑龍黨黨魁的書桌之上！

她越來越覺得黑龍黨的神通太廣大了！廣大到了情理難以解釋的地步。

她將文件中的一分摺了起來，放在身上，然後，她到了那扇門旁。

她推不開那扇門，也移不開那扇門，那扇門當然是電力控制的，可是木蘭花卻也找不到控制的按鈕。

正在這時候，她聽到門外傳來了一聲斥責：「飯桶，沒用的東西！」

木蘭花一聽便聽出那是「水星」的聲音。

她正在詫異何以門外的聲音會聽來如此清楚的時候，才發現門已移開了寸許了。

木蘭花連忙身子一閃，閃開了兩步，貼著牆，站著不動。

那扇門移動的速度很慢，一面在移動著，一面聽到「水星」康斯坦丁的聲音：「當然是『太陽』准許我進入這裡的，你們只不過是守衛，難道可以攔阻我麼？你們知道我是什麼人麼？」

隨著「水星」的訓斥，有兩個人「是」、「是」地答應著。

木蘭花聽了，心中也不禁緊張得暗暗嘆了一口氣。

康斯坦丁的代號是「水星」，他是黑龍黨之中，除了「太陽」之外的第二號人物，可是他奉了「太陽」之命到這間辦公室來，卻也受到了衛兵的阻攔。由此可知「太陽」對黑龍黨的統治是何等之嚴。

嚴格地說，黑龍黨只有一個黨魁，就是「太陽」，其餘的人，全是供他利用指揮的人。

木蘭花想起自己接觸過的幾個人，從「水星」起，全是些桀驁不馴的為非作歹之徒，而「太陽」居然能將他們控制得如此嚴密，由此可知，「太陽」實有過人之能，是絕不能輕視的。

木蘭花正在想著，門已打開了兩吋許，「水星」滿面怒容地走了進來。他直向前走著，並未曾看到在門側貼牆而立的木蘭花。

那扇門又自動地關上。

「水星」向著那張書桌走去，木蘭花連忙跟在他的後面，由於地上鋪著厚厚的地毯，所以木蘭花的行動，一點聲音也沒有。

等到「水星」站定，木蘭花也已在他的背後站定了身子，木蘭花伸手在「水星」的肩頭上輕輕一拍，「水星」倏地轉過身來。

當他看到木蘭花就站在他的身後時，他面上的神情，實是任何再偉大的演員都無法摹擬的，他倏地伸手向右腰，但是木蘭花比他更快一步，已經將他腰際的手槍拔了出來。

木蘭花後退了一步，拋了拋手中的槍。

「水星先生，」她笑了笑，「人生真是何處不相逢啊！」

在開始的一瞬間，「水星」當真不知道說什麼才好，但是他究竟不是一個未經世面的人，立即鎮定了下來道：「沒有用的，小姐，沒有用的。」

「這要看你指什麼而言。」

「你不是想要脅我，帶你離開這裡麼？」

「不！」

木蘭花的回答，頗出於「水星」的意料之外，「我的確要你帶路，但卻不是要你帶我離開這裡，而是要你帶我去見『太陽』！」

「水星」吸了一口氣。

他望著木蘭花，好一會才道：「那我要事先請示過他才行。」

「可以，你可以和他通話。」

「水星」聳了聳肩，道：「他在會議室中，而這裡是他的辦公室，我只是受命來取一項文件，我不知道這裡和會議室通話的設備在何處。」

「那你怎樣請示他？」

「我可以先離去。」

「當然不。」

「那麼，小姐，你只有和我一起去了。」

「可以，你先走。」

「水星」猶豫了一下，終於站起身來，向門口走去。

他到了門前，伸足在地上用力踏了一踏，那門便自動移了開來。木蘭花看到，門外是一條走廊，走廊兩旁，每隔十呎都有一個衛兵。

「水星」和木蘭花一在門口出現，站在離門最近的兩個衛兵，一看到「水星」後面的木蘭花，便立即端起了手中的手提機槍。

「別開槍！」「水星」故意大聲地對那衛兵叫道：「這位是木蘭花小姐，是『太陽』特別邀請來的貴賓。」

衛兵的面上顯出疑惑神色之際，「水星」已經大踏步地向前走了出去，木蘭花緊緊地跟在他的後面，到了一扇門前。

他們兩人才一在門外站定，那扇門便自動打了開來，一陣暗紅色的光芒射了出來，那種光芒紅得近乎黑，使人在這種光芒之下，對於眼前的物體只能看到一個輪廓，而絕看不清楚東西的真面貌。

木蘭花立即抬頭向裡面望去，只見那確乎是一間會議室，正中放著一張長桌，長桌的一端坐著一個人。

那人，木蘭花只能看清他的影子，而不能看清他的臉容。

在那人的兩旁，左面坐著三個人，右面坐著兩個人，右面最接近主席的位置空著，木蘭花一看那空位，便知道那是「水星」康斯坦丁的座位了。

那麼，坐在主席位上的，自然是「太陽」！

木蘭花盡量想看清楚「太陽」的真面目，可是光線實在太暗，而且，在「太陽」的座位之前，像是還有一種光線在緩緩地移動著，干擾著視線，以致越是看，便越是眼花，完全看不清楚。

「歡迎！歡迎！」木蘭花認得出那正是「太陽」的聲音。「小姐，對於你能夠避免接受死神的邀請這一點，我們一致十分欽佩，你可以讓水星坐到他的座位上來麼？」

「我怕不能。」木蘭花冷冷地回答：「他必需在我的手槍射程之內。」

「哈哈。」「太陽」突然笑了起來，「在這裡，幾乎任何武器都不發生作用，這間會議室中，充滿了磁性極強的電磁波。這種電磁波對人並無影響，只不過使人眼花而已，但是對一切金屬卻起著極大的改變作用，小姐。你沒有發現你手中的槍重了許多麼？」

木蘭花似乎覺得槍已重了一些。

「如果你開槍的話，」「太陽」繼續說：「那麼由於來復線失靈，槍頭磁性增加的緣故，子彈將在槍管內爆炸。小姐，那麼受損傷的會是誰呢？」

「哼，你以為這樣幾句話就可以嚇倒我了麼？」木蘭花不屑地回答。

「我從來也不慣講謊話的，水星，過來坐在你的位置上！」

「水星」連忙答應了一聲，態度十分從容地向前走了過去。

這一來，倒叫木蘭花遲疑起來了！她手中的槍是不是真的已失去作用了呢？

她踏前兩步，在長桌的另一端前站定。那張長桌約有十二呎長，也就是說，她和「太陽」間的距離是十二呎。

雖然那種暗紅色的光芒干擾著視線，使她看不見「太陽」的真面目，但是一個人坐在前面，這一點她還是可以看得到的。

她慢慢地舉起槍來。她相信「太陽」也一定看到她的這個舉動。

只聽得幾個人都笑了起來，其中以「太陽」的笑聲最是響亮。

木蘭花心想搏一搏，扳槍機。

她扳動槍機的結果不外兩種：其一，子彈直射而出，將「太陽」射死；其二，子彈因為高頻率的電磁波影響，在槍管內爆炸，那麼，死的將是她，而不是「太陽」。

這等於是一場生命的賭賽，機會平均，五十對五十！

木蘭花的手指漸漸地扣緊。

「太陽」卻在這時轉過頭去，道：「地球，搜索工作可以停止了。」

從他的語音中，聽不到一絲驚恐的意味。

木蘭花突然放下了槍，她不是一個賭徒，她要尋求必勝的方法，而不是以自己的性命來博取百分之五十的機會。

「小姐，」「太陽」笑了一下，「你不肯自殺，我們很高興，我們如今開會，允許你列席，請你坐在我的對面如何。」

木蘭花冷笑了一下，卻並不立即坐下來，而是向前走了過去，當她走前兩步之後，便有一個人站了起來。

那人站在木蘭花的前面，離木蘭花只有兩呎左右。但是，木蘭花卻仍看不清他的面容。

「小姐，請你止步。」那人以十分僵硬的英語，冷漠地說著。

「哼，」木蘭花冷笑著：「既然在這裡，任何槍械都不能傷人，那麼，你能阻止我麼？」

坐在「太陽」左邊的一個人突然縱聲笑了起來，道：「小姐，你以為你一個人，可以敵得過我們這裡的許多人麼？」

木蘭花並不出聲，她陡地衝向前去，右肘在身前那人的腹際猛地一撞。那突如其來的一撞，令得那人發出了一下慘叫聲，彎下腰去，木蘭花左臂一圈已經圈住了他的腰際，將他反抓了起來，向外猛地摔了出去。

他才一摔出了那人，手在桌上一按，便已躍上了會議桌。

她一在會議桌上站定，剛才發出縱笑聲的那人也躍了上來，站在她的對面。

木蘭花本身在柔道上有極高的造詣，她自然也可以知道對方的功夫如何。這時，她當然看不清對方是什麼人，但是她一看到那人站在她的面前，身子似屈非屈，似直非直，那分明是絕頂的柔道高手！

在木蘭花的記憶之中，只有一個人，能夠一站出來便使人看出他是一流高手的，那是她的師父，日本柔道名家，兒島強介。

難道這人是她的師父麼？

木蘭花立即以日語道：「你是誰？」

那人也以日語回答：「火星。」

木蘭花剛想再問他的名字，「火星」又以日語喝問道：「你柔道的授業師父是誰？」

「火星」的這一問，表示他也看出了木蘭花站立的姿勢，是一個非同凡響的柔道高手。

「兒島強介。」木蘭花立即回答：「你是什麼人？」

那人並不回答，卻「哈哈」地大笑了起來！

木柵花見那人不回答自己的問題，心中不禁更是起疑。

「哼，你是沒有臉講出來麼？」她故意激怒對方。

「你的授業恩師是兒島強介，我叫兒島谷溫，我是你的什麼人？」

木蘭花一聽到了「兒島谷溫」四個字，不禁猛地一驚！

這個名字她是聽到過的，說起過這個名字的人，正是她的師父兒島強介。

兒島強介在講起這個名字的時候，十分感慨，他說，兒島谷溫是他的兄弟，兩人同時投師學藝，既是親兄弟，又是師兄弟，在一次冠軍爭奪賽中，兩兄弟各出全力相拚，結果是兒島強介奪到了冠軍，兒島谷溫一怒之下，就離開了日本，從此便沒有了音訊。

兒島強介還曾說，他弟弟兒島谷溫在柔道上的造詣，絕不在他之下，那天爭奪冠軍他之所以得勝，全是憑著過人的韌力而已。

木蘭花的師父兒島強介還曾經要木蘭花到處留意兒島谷溫的消息。

木蘭花到過不少地方，都未曾聽到過兒島谷溫這個名字，卻不料在這裡，黑龍黨的會議室上遇上了！更料不到的是，兒島谷溫竟是黑龍黨中占頗高地位的「火星」！

木蘭花深深地吸了一口氣：道：「如果閣下是兒島谷溫的話，那就是我未曾見過面的師叔。」

兒島谷溫猖狂地笑了起來，道：「那你還敢和我來動手麼？」

「我師父教導過我，武道，不論是柔道還是劍道，就是人道，只要是為了正義，反對強暴，不論敵手多麼厲害，都應該有大無畏的精神。」木蘭花的聲言十分沉著，也十分有力。

兒島谷溫的身子動了一動，雙臂驟地抬起，已經作勢要撲了過來。

木蘭花連忙向後退出了一步。

木蘭花也向左跨出一步，兩人的距離反倒遠了些。他們兩人都微微地彎著腰，作出要向對方撲過去的一種姿勢。

但是兩人卻誰也不搶先撲出，只是保持著一定的距離，在兜著圈子。

木蘭花心中告誡自己：不要先出手；兒島谷溫的心中也同樣地在告誡自己，不要搶先出手。

柔道是一門和別的武功截然不同的武術，它絕不能暴露自己的缺點，而靜能掩飾缺點，動則暴露缺點，盡可能遲動，甚至不動，才是求勝的秘訣。

木蘭花和兒島谷溫兩人全是高手，他們都明白這一點，所以，他們只是兜著圈子，誰也不肯先動手。

光線是如此黑暗，要注意對方，是一件十分困難的事情，對方的一些小動作，是根本無法發現的。

在兜了七八個圈子之後，木蘭花突然想到，光線的陰暗是一個十分不利的條件，但是這個條件卻是對雙方面而言的。

自己如果加以利用，那麼反而可將不利轉化為有利！

木蘭花一想到了這一點，身子陡地停了下來，向前衝了出去。

她向前衝出的勢子極猛，她才衝出，兒島谷溫身子跨出一步，已到了木蘭花的右側，也是身形疾展，向木蘭花撞了過來！

木蘭花那一衝，勢子十分猛，但是她只衝出半步，便立即站住，兒島谷溫在她的面前掠過，木蘭花一伸手，抓住了兒島谷溫的肩頭，左手在兒島谷溫的腰際一托，已將兒島谷溫一跤摔倒。

但是兒島谷溫的身手極之靈活，他在桌上一個翻滾，人並不站起來，滾到了木蘭花的腳前，木蘭花未來得及避開之前，便已經給他托住了小腿，一個站不穩，也跌倒在桌上。

兒島谷溫的動作，實是快得如同閃電一樣，木蘭花才一倒下，他已霍地站了起來，而他的雙手仍抱住了木蘭花的小腿，所以，他人一站了起來，便等於是把木蘭花倒提了起來。

木蘭花大吃一驚，手在桌面上一按，想要藉著挺起來的勢子，將兒島谷溫蹬倒。可是她雙手一按，卻一點力道也沒有借到！

原來兒島谷溫雙臂一振，已將木蘭花的人整個地揚了起來，剎時之間，木蘭花只覺得身子被兒島谷溫提著，團團亂轉。

她知道在這樣的情形下，兒島谷溫一定將自己越轉越急，而當轉到最急的時候，兒島谷溫只要一鬆手的話，她就要直跌出去，輸在兒島谷溫手下了。

兒島谷溫什麼時候才會將她拋出去呢？她可供設法的時間可能只有兩秒鐘，也可能有兩分鐘。

「太陽」和其他黨魁的叫好聲，轟然而發。

木蘭花的臉部，像是要炸裂了開來一樣。

天在旋，地在轉，她的身子被越揚越高，那兩盞暗紅色的燈像是陀螺一樣。

8 傳說奇人

陡然之間，木蘭花想到了，那兩盞燈可以幫她的忙，燈是從天花板上垂下來的，當然有支柱吊著，但因為光線特殊陰暗的關係，根本看不到那支柱，在燈罩的上面，可以說是一片黑暗！

如果能夠存身在吊燈的支柱上呢？

木蘭花才想到了這一點，只聽得兒島谷溫陡地發出了一聲大喝，她的小腿上一鬆，人已向前疾飛了出去！

如果兒島谷溫是在木蘭花想到那一點之前鬆手的話，那木蘭花可以說是輸定了。

但是如今情形卻不同了，前後相差雖然只不過是兩三秒鐘的事，但是這兩三秒鐘，已足可以使事情整個改觀有餘了。

木蘭花的身子一被拋出，她猛地向上昂了一昂，使她在向前飛出之際，身子向上，接著，她右臂張開，右手已抓到了一根銅柱，一抓到了銅柱，她的身子立即縮了起來，隱沒在燈罩上的那一大團陰影之中。

兒島谷溫是在提著木蘭花，將她轉到發急的時候拋出去的，木蘭花一脫手，他便在等著木蘭花撞向牆上的「砰」然之聲。

可是，當他身形凝止之後，木蘭花的人就像是在空氣中消失了一樣，兒島谷溫正在發呆間，木蘭花的雙腳已疾伸了下來，勾住了兒島谷溫的頭頸，猛地用力絞了一絞。

那一絞，將兒島谷溫整個人絞得翻跌了出去，跌下了會議桌。而在兒島谷溫跌下會議桌的時候，人人都聽到他的頸骨發出了砉然斷折之聲。

兒島谷溫跌到地上所發出的呻吟之聲，證明他受了重傷！

木蘭花雙手一鬆，輕輕地落下了會議桌來。

一時之間，會議室中，除了兒島谷溫的呻吟聲之外，什麼聲音也沒有。

接著，便是「太陽」的聲音。

「太陽」的聲音中，顯得他十分之惱怒：「木蘭花，你又勝了。」

「這只不過是小勝，請你蒙上我的眼睛，我要離開這裡了。」

「『水星』，你去安排木蘭花小姐離開這裡的一切事情。木蘭花小姐，我本人十分佩服你，但是你想和我們作對的話，你仍然不會有好結果的，你試想，如果不是我遵守諾言的話，你離得開這裡麼？」

「那也未必，你的無線電控制的自動武器就未曾殺死我，而且，我其實是可以不來這裡的。」木蘭花針鋒相對地回答。

「那是你的幸運，小姐，幸運之神是不會時時跟著你的，你該明白。」

「多謝你的關切，我們仍然是敵人，我也不希望幸運之神在你那一邊。」

「太陽」伸手拍了一下桌子，發出「砰」地一聲，顯得他的心中十分之震怒。

「水星」康斯坦丁走了過來，道：「小姐，請你跟我來。」

木蘭花躍下了會議桌，跟著「水星」走出了會議室。

一出會議室，「水星」便蒙住了木蘭花的眼睛。

木蘭花彎腰在襪帶上摸了一下，那支偷自「冥王星」身上的麻醉針劑還在，她的心中又有了新的計畫。

「水星先生，是你送我回去麼？」她問。

「是的，送你到來的地方去。」

「回到總理官邸的花園之中？」

「你的意思怎樣？」

木蘭花的心中迅速地在轉著念：何以黑龍黨人出入總理官邸的花園如入無人之境呢？還是他們故意在表現他們的能力？

「好的，我希望回到總理官邸的花園中去。」

「你的願望可以達到，別看總理官邸戒備森嚴，但是我們一樣有法子進出自如！」

「水星」握著木蘭花的手向前走去。

和來的時候一樣，木蘭花走過石級，坐過艇，坐過汽車，又在一條通道之中走著，約莫過了半小時，「水星」已停了下來。

「到了麼？」木蘭花問。

「你自己再直向前走二十步，便到了。」

木蘭花一翻身，反拿住了「水星」的手腕。

在「水星」大吃一驚，還未明白木蘭花的用意時，木蘭花的左手已抽出了那支針，插入了「水星」的手臂上，推動了注射器。

「水星」的掙扎，在不到十秒鐘之內便變得無力，木蘭花拉下了蒙面的黑布，不出她所料，她根本不必再向前走，如今她停身的所在，就是總理府官邸的那個噴水池之旁。

剛才，她感到自己已經走上柔軟的草地之際，便已可肯定這一點了。

她向「水星」看去，「水星」已倒在地上昏迷了過去。注射器中的麻醉劑還有一半，木蘭花又將之放在身邊。

她四面看了一看，仍然不能明白自己是怎樣來到花園之中的，她當然知道，附近可能有一條地道是通向外面的。

她將「水星」負在肩頭上，向燈火通明的大廳走去。

天色已快亮了，但是焦急的薩都拉和穆秀珍卻還未曾睡，他們就在總理的官邸中，和保安人員商量著對策。

當木蘭花負著水星，在大廳門口出現的時候，薩都拉和穆秀珍兩人口瞪目呆，甚至連話也講不出來了。

木蘭花身子一側，人事不省的「水星」跌倒在厚厚的地上。

直到這時，薩都拉和穆秀珍兩人才不由自主地發出了大聲的歡呼來。

「這是『水星』，如今不怕他逃走了。」

「木蘭花小姐，」在樓梯上突然響起了卡基總理的聲音：「脫險回來了麼？」

「是的，」薩都拉揚起了頭，「你看，她還俘虜了『水星』！這一次，黑龍黨的秘密一定要洩露了。」

卡基總理微笑著走了下來。

「這就是匪首之一麼？他怕像已經死了啊。」

他一直來到了「水星」的前面，俯身伸手，去探他的鼻息。

「不，他沒有死，」木蘭花解釋著：「他只是昏迷過去，很快就會醒的。」

「是麼？」卡基總理直起了身子來：「小姐，你真是傳說中才應該有的奇人！」

木蘭花謙虛地笑了笑，但是笑到一半，她的笑容僵住了。

那是因為在突然之間，她看到了「水星」康斯坦丁睜大了眼睛，而他面上的肌肉則在抽搐著，現出了十分痛苦的神情來。

木蘭花記得，「水星」受到麻醉，到如今為止，至多不過十分鐘，在十分鐘中，他便會醒過來麼？就算醒過來的話，他的面上為什麼又現出那麼痛苦的神情來呢？

這時，由木蘭花的注視，別人也注意到了「水星」的神態有異。

木蘭花立即俯下身去，「水星」突然揚起手來，緊緊地抓住了木蘭花的手腕。

他面上的神情更痛苦，他抓住了木蘭花的手，手指甲已經發黑，他面色也漸漸地在轉變，任何人都可看得出他是中了劇毒！

「達拉姆……達……拉……姆……」

從「水星」痙攣的口中吐出了這樣的聲音來，接著，自他的七竅中都冒出了鮮血來，他已死了。

木蘭花要十分用力，才能拉開「水星」握住她手的手指，她站直了身子。

大廳中所有人都靜到了極點。

「達拉姆，這是什麼意思？」木蘭花首先問。

薩都拉剛想開口，卡基總理已道：「木蘭花小姐，你毒死他了。」

「我？」木蘭花詫異地問。

「是啊，你是用什麼方法將他麻醉的？」

「啊！」木蘭花心中暗叫了一聲，她立即想：難道那注射器中的是毒藥，而不是普通的麻醉劑，所以「水星」才毒發身亡死的？但是「水星」和「冥王星」絕無殺害自己之意，注射器中怎麼可能是毒藥呢？

如果注射器中不是毒藥，那麼「水星」康斯坦丁是怎樣會死的呢？

木蘭花的腦中，紊亂到了極點！

她迅速思考的結果，使她在突然之際想起了一個極其可怕的可能性來。

她的身子突然一震，面色也變了一變。

然而，她卻立即恢復了鎮定，道：「或者是他對麻醉劑敏感，所以中毒了。」

「或者是如此。」卡基總理打了一個呵欠。

「總理。」薩都拉道：「你一早便要出發到南部油田去巡視，該休息了。」

「是啊，我只好失陪了。」卡基總理又走上了樓。

「我們也要離去了。」薩都拉指揮著手下，將「水星」的屍體送到驗屍所去，又命令將死亡的原因檢查出來，迅速地報告他。

他和木蘭花、穆秀珍兩人，一齊離開了總理官邸，驅車回家。

一路上，穆秀珍不斷地向木蘭花詢問她在黑龍黨總部的經過，但是木蘭花卻一聲不出，只是皺著秀眉在沉思著。

在車子快到薩都拉家的時候，木蘭花才開了口。

「達拉姆，」她重複著「水星」臨死時所說的話，「這聽來像是一個地名。薩都拉先生，你記得你們國家中有這樣的一個地名麼？」

「嗯——」薩都拉想了片刻，「有的，在南部油田中心有一個鎮，就叫達拉姆鎮，這個小鎮三面是油田，南面是海，是一個很荒僻的地方。」

「你說，卡基總理將到南部去巡視？」

「是的，」薩都拉面上忽然變色：「你是說，黑龍黨人可能在達拉姆鎮，展開對卡基總理不利的行動？」

木蘭花並不回答，只是伸手在薩都拉的肩頭上拍了一下，並且嘆了一口氣。

薩都拉不明白木蘭花這樣做是什麼意思，以奇疑的眼光望著她。

這時，天色已經亮了，朝陽升起，他們也到了薩都拉的屋子之前。

等到進了屋子，木蘭花才道：「薩都拉先生，你不要外出，在家中等我，我借用你的車子，到市區去一去就回來，等我回來之後，我有十分重要的事和你商量。」

「你上哪兒去？」薩都拉和穆秀珍同聲發問。

「當然不會是再到黑龍黨的總部去，你們兩人放心好了！」

她駕著車子飛駛而去。薩都拉和穆秀珍兩人進去用早餐，等待木蘭花。

不到三十分鐘，木蘭花已回來了。

她的面色十分沉重，她進了起居室，坐在沙發上，第一句話就問：「薩都拉，卡基總理已動身了麼？」

薩都拉立即和機場通了一次電話，機場的回答是：「總理南巡的專機已在二分鐘前起飛了。」

薩都拉的面色，也十分急惶。

「是不是卡基總理遇險？」他已問了不下七八次之多，雖然他每一次問，木蘭花總是搖著頭，但是他仍然放心不下。

「我剛才到市區去，是去化驗我注射於『水星』身上的麻醉藥。」木蘭花慢慢地說著：「結果是，那是很普通的麻醉藥，絕不含毒質。」

「那麼，『水星』怎麼會死的呢？驗所的報告是，他是中了氰化物的毒而死的。」薩都拉奇怪地說。

「不錯，我也到驗所去問過了，他不是我毒死的，氰化物中毒在一分鐘內便可奪去人的生命，『水星』是在大廳中中毒的。」

薩都拉和穆秀珍兩人望著木蘭花，顯然不明白木蘭花那樣說法是什麼意思。

「我將『水星』負進了大廳之後，」木蘭花繼續說：「只有一個人伸手碰過他，薩都拉先生，你可記得那是什麼人？」

「那是，」薩都拉的面上更現出了疑惑的神色：「卡基總理曾俯身去探

『水星』的鼻息。」

「對了，以後，水星便突然睜開了眼睛，講出了『達拉姆』三個字，然後死了。」

「蘭花姐，」穆秀珍幾乎是在高叫：「你是說卡基總理毒死了『水星』？」

「我不是說卡基總理毒死了他，而是說，只有他一個人可能下毒！」木蘭花的表情十分嚴肅。

薩都拉霍地站了起來，道：「木蘭花小姐，我認為你這樣說法，未免太過分了。」

「一點也不，薩都拉先生，我還有一個十分奇異的想法，但是還沒有證實。」

「小姐，你是不能單憑想像的！」

「所以我說我的想像還未曾證實，我要和你一齊到總理官邸去，去弄清楚一件事，如果我將我昨晚的經過全都詳細講給你聽，你也一定會明白我的說法不是完全無理的。」

「好，你說！」

薩都拉的面上仍然略有怒容，若不是他對木蘭花有著極度敬意的話，那麼他早已大怒特怒了！

木蘭花將昨天晚上的遭遇說了一遍。

她在敘述的時候，著重於「水星」帶著她來去自如，這說明總理官邸中可能有暗道，和在黑龍黨總部的電視接收機上，竟可以看到花園中情形這一點。

「這說明什麼呢？」等木蘭花講完之後，薩都拉仍然不滿意。

「這說明了，黑龍黨總部離總理官邸的距離，絕不會遠！」

「你不是坐過車，又乘過快艇麼？」

「車子可以兜圈子，快艇也可以駛出去又駛回來，我那時正被蒙著眼睛，我是不可能覺察到這一點的。還有一點，我在『太陽』的辦公桌上，看到了一些機密文件，那些文件，薩都拉先生，甚至是你，都沒有資格閱讀的，它們是只供一國的元首讀的。」

「木蘭花小姐，」薩都拉的聲音凝重到了極點：「你可明白你在說什麼嗎？你是在說『太陽』便是——」

薩都拉的話講到這裡，便再也講不下去。

「我正是這個意思。」木蘭花說得十分鎮定。

薩都拉喘了幾口氣，木蘭花道：「如今，你可有權帶人進總理官邸去搜索麼？」

薩都拉來回踱步道：「我可以秘密地進行，先將總理的警衛隊調開，再將我的部下開進總理官邸去，但是，小姐，你知道，如果你的估計錯誤的話，那是什麼結果？人家會以為我是趁卡基不在首都，而發動一次政變了！」

「我明白，但這件事是必需進行的。」

薩都拉長長地吸了一口氣，道：「好，我先去布置，請你在這裡等我。」

木蘭花陡地伸手握住了薩都拉的手臂，道：「我們曾經出生入死，同過患難，你要相信我！一切事情的進行，要保持極度的機密！」

薩都拉嚴肅地點了點頭，走了出去。

起居室中又靜了下來，穆秀珍望著木蘭花，道：「蘭花姐，你的想法不是太可怕了麼？你在黑龍黨的總部中見過『太陽』，難道你不能肯定地說他是不是卡基總理麼？」

「不能，我看不清他的臉，而一個人的聲音要改變得完全不同，那是太容易了。」

「我始終不能相信你的推測。」穆秀珍一面說，一面大搖其頭。

木蘭花並不再說話，只是來回踱步，看來，她的心中也是十分緊張，十分焦急。

約莫過了四十分鐘，薩都拉才一面抹汗，一面走了進來。

「我們可以走了。」他說：「總理府的警衛隊已被繳了械，現在由我的部下接替了守衛工作，到如今為止，還沒有人知道這件事，我們快去！」

他們三人奔出了屋子，坐上汽車，風馳電掣向前疾馳而去，不一會，他們的車子已經駛進了總理官邸的花園。

木蘭花看到在花園中擔任警衛的，都是軍官和警官，那當然是薩都拉的部下。

他們停下了車子，一直來到了那噴水池之旁，木蘭花閉上了眼睛，盡量想像昨天晚上的情形，她向前走出了幾步，停了下來。

9 尾聲

當她睜開眼來的時候，她看到她是站在一塊大假山石的面前。

那塊假山石，約有七呎高，三五呎寬，透剔玲瓏，十分好看。

木蘭花用力將之推了一推，那塊假山石並不動，木蘭花繞到了假山石的後面，發現了一枚黑色的鈕掣。

這粒鈕掣就像是一隻甲蟲停在石上一樣，但是卻逃不過木蘭花銳利的眼光。

木蘭花伸手按了下去，假山石不發出聲音便向旁移了開去，那顯然是高度精巧的電控活門！

薩都拉和穆秀珍兩人都面面相覷，因為木蘭花的推斷已被證明是正確的了。

他們想開口，但是木蘭花卻將食指放在口唇上，不令他們出聲。

「我們走在前面，」木蘭花低聲說：「每人都帶一柄手提機槍，薩都拉先生，你帶八名最可靠，勇敢的人，跟在後面。」

薩都拉對著他懷中的無線電傳話器發著命令，一個年輕軍官帶著七個人奔了前來，薩都拉在那軍官的手中接過了兩柄手提機槍，交給了木蘭花和穆秀珍。木蘭花首先向地道中走去。

地道中十分靜，一個人也沒有。

走了三十來碼，便是向上升去的石級，一行人出了石級，只見那是一塊空地，空地上有一輛汽車，和一個水池，水池中有一艘快艇停著。

木蘭花走近汽車和快艇，看了一會，又轉過身來。

她轉過身來之後，望著面前高大宏偉的總理官邸，面上的神色嚴重到了極點。

「蘭花姐，我們已經走出來了，這裡是什麼所在？」

「這裡只是一塊空地，這輛汽車就是我坐過的，它在空地上兜過圈子，這艘快艇我也乘過，在水池中兜圈子，加上錄音機放出海浪的聲音，對一個蒙著眼睛的人來說，確是像身在海中。」

「那麼你的意思是——」薩都拉已經聽出木蘭花語中的意思，遲疑地問。

「不錯，」木蘭花伸手向前一指，「黑龍黨總部根本就是總理官邸，因為我自始至終，未曾離開過這幢建物！」

薩都拉的面上變了色。

「那麼……那麼……」薩都拉甚至連講話也口吃了起來，「何以我們來解決警衛的時候，並沒有遇到意外的抵抗呢？」

「這個……」

木蘭花來回踱了幾步，她思索了不到三分鐘，便陡地抬起頭來，道：「快，請你快準備飛機，至少要可以載運一營親信部隊的，快下命令！」

「營軍隊？到哪裡去？」

「達拉姆鎮，他們一定都到達拉姆鎮上去了。『水星』是知道『太陽』是什麼人的，當卡基用毒藥針刺死他的時候，他可能剛醒轉，知道自己是死在什麼人的手中，所以在臨死之際才說出了最大的秘密來。達拉姆鎮一定就是他們私自駁接輸油管，想偷盜石油的地點！」

「你的估計很可能正確。」薩都拉的面色很蒼白，因為事情發展竟會有如今這樣的結果，那實是他萬萬想不到的。「達拉姆是沿海的鎮市，而且我早就接獲過海面巡防部隊的報告，說在達拉姆附近的海面上，有國籍不明的運油船在徘徊不去。」

「好啊，堂堂一國的總理，原來卻是賊黨的首領，」穆秀珍嚷叫了起來：「難怪黑龍黨的勢力竟如此之大哩，一定是卡基看出情形不妙，所以先加緊布置，希望盜得一批石油，便遠走高飛！」

「你們先帶領部隊搜索總理府，我去下令！」

薩都拉自地道中奔了回去，木蘭花和穆秀珍帶著那八名親信部隊進入了總理官邸，不到五分鐘，他們便從一間看來是堆放雜物的屋子中穿出去，到了那幢建築物的後座。

後座，就是黑龍黨的總部，而且，不出木蘭花所料，裡面一個人也沒有了，許多要緊的文件也已經被燒去。

木蘭花只是匆匆地看了一遍，便退了出來，她和薩都拉迎面相遇。

「薩都拉先生，事情已沒有疑問了，我們快去，要不然，可能你們國家的寶貴資源就要被黑龍黨盜賣給和你們作對的國家了！」木蘭花嚴肅地說。

「是，我們一切都已準備好了。」薩都拉臉上的神情，十分嚴肅。

幾輛卡車從總理官邸出發，向軍用機場風馳電掣而去，卡車上除了木蘭花、穆秀珍之外，全是薩都拉和他最得力的部下。

到了機場，六架雙引擎運輸機早已升空待發，在薩都拉的指揮之下，三百名武裝士兵在不到十分鐘內便完全登上了飛機，向南飛去。

在領航的飛機艙中，薩都拉一直沉默不言。

木蘭花望著窗外，也不出聲。

隔了好一會，薩都拉才道：「穆小姐，我真不知道事情就算解決了，該怎麼善後，唉，我們的國家新從專制統治之下得救不久，竟又遭到這樣的巨變！」

「薩都拉先生，除了你取而代之之外，沒有別的辦法，而且，你不必向世界宣布取代的理由。」

「那怎麼行？如果那樣的話，在世人的眼光中，我豈不是成了背叛朋友的人？」

「不會的，你放心好了，你的勇敢、愛國的行動，將會使整個世界稱讚你。我們快到了麼？」

「快到了——」薩都拉只講了一句話，他就整個地呆住了。

木蘭花也呆住了，穆秀珍發出了尖厲的叫聲，飛機上沒有一個人不震動，連機師也在內，因為飛機猛地向下一沉，像是失卻了控制一樣。

他們看到了一片火海！

火海，那真正只有用火海兩字來形容，才能夠表達他們看到的一切。

他們的飛機向高空升去，他們仍然覺得灼熱的火舌似乎要向他們逼來。

高大的油井架，在火舌飛舞之中，一個一個像是紙紮一樣地倒下去，轟然

震耳欲聾的火聲，他們雖在機艙之中也可以聽到。

「部長，是不是回航？」機長請示薩都拉。

「不！」薩都拉堅決地下著命令：「直飛達拉姆，看看能不能降落。」

飛機繼續飛著，在火海之上飛行，終於，他們看到達拉姆鎮了。

他們不但看到了達拉姆鎮，而且看到火頭正向達拉姆鎮捲去，這一帶，是南部石油出產最豐富的地方，幾乎泥土中都有油質的，火舌正形成幾十條火龍向達拉姆燒去，濃煙冒了上來，形成了一團巨大無比，將整個天空都遮蔽的烏雲。

他們看到狼奔豖突向海邊逃生的居民，他們更看到，五艘巨大的油輪並沒有懸掛明顯的旗幟，正停在碼頭上，海面中有煙冒出，那是已經升火待發，準備離去了。

「薩都拉先生，飛機上有降落傘麼？」

「我們沒有準備緊急降落，機上只有兩柄降落傘。」

「那就夠了，你命令飛機飛到油船的上空去。」

「你想做什麼？」薩都拉幾乎是在驚呼。

「你還看不出來麼？」木蘭花指著海面上的那三艘油船。「這三艘船將要離開了，這是公然的盜竊行為，我要去阻止他們。」

「唉！」薩都拉頓著足，「我當然不希望他們離去，但我們只好在飛機降落以後，再率領部隊向海邊衝過去，看看是不是可以阻截他們。」

「遲了，」木蘭花的回答十分簡單，「那一定已經遲了。」

「蘭花姐，我和你一齊去！」穆秀珍叫著。

「不！」木蘭花已站了起來，她在一個士兵手中接過了一柄衝鋒槍，「薩都拉先生，請你將降落傘給我，我已決定了，就算我不能阻止那三艘油船駛出，我也必然會毀滅它們的。」

「那麼你——」

「你別多說了，你盡快帶著部隊向海邊進攻，那就是你的責任，還有，我將秀珍交給你了！」

薩都拉的面上現出了莊嚴無匹的神情來，他沒有再說什麼，轉過身，走出了幾步，取出了降落傘，交給木蘭花，同時，他命令飛機向海面上飛去。

飛機很快地越過了那三艘油船，而木蘭花也已結紮定當了。

機門打開，一股勁風撲進了機艙之中，木蘭花湧身向下跳去。

在木蘭花打開機門的時候，機艙內五十名阿拉伯士兵和薩都拉都唱起了一

支歌調十分雄壯的阿拉伯歌曲。

那支歌，是阿拉伯的民歌，是專門歌頌最勇敢的英雄的。

木蘭花獨自向下跳去，去阻止那三艘油船的開出。她成功的機會，絕不會超過萬分之一，而她死亡的機會，卻是多到不能再多！

木蘭花一出了機艙，便向下直跌了下去，在離開海面還有兩百呎高下的時候。她抬頭向上看去，只見五架飛機已經轉了回去，到達拉姆鎮去降落了。

木蘭花一拉掣，降落傘像一朵白色的花一樣張了開來，她下落的勢子頓時變得緩慢。

當她落在海面上的時候，她距離油船大約有三十多碼，油船的甲板上有人指著她大叫，她也揚手大叫，油船上放下了小艇，木蘭花浮在水面，她竭力不使自己手中的武器浸到水。

不一會，她已上了小艇，小艇上的水手以奇異的眼光望著她，講著她所聽不懂的語言，可是那兩個水手並沒有能再講下去，因為木蘭花已經迅速地解去了降落傘，用手中的衝鋒槍指著他們。

在這樣的情形下，言語變得不重要了，誰都可以明白對方的意思。那兩個水手乖乖地划著小艇向油船靠去，到了油船龐大的船身之旁，木蘭花抬起頭來。

她看到有一個穿著大副服裝的人，正在船舷邊上向著她大嚷。

木蘭花十分鎮定，她以英語說道：「我要見這三艘船的船長和卡基總理。」

「什麼卡基總理？你也不能見船長，我們的船快要開行了！」那大副以十分拙劣的英語回答著。

木蘭花揚起了她手中的衝鋒槍，槍口向天，猛地射出了一排子彈。子彈驚心動魄的呼嘯聲，使得油船之上起了一陣劇烈的騷動。

「我要見這三艘船的船長，要不然，我第二排子彈將會射向船身。」木蘭花手持著她手中的衝鋒槍，向那大副說。

大副的臉都青了，如果有一排子彈射向油船載滿了石油的油艙的話，將會有什麼樣的結果，那是連小學生都明白的事。

「等一等，你等一等。」那大副說著，走了開去。

不到五分鐘，三個中年人穿著莊嚴的船長制服，已在船舷上出現。

「你們下來。」木蘭花命令著。

「我們的交易已經完成了，」那三個船長中的一個說：「我們帶來的現款，已經交付給你們的首領了，你還來作什麼？」

木蘭花知道那三個船長誤以為自己也是黑龍黨的人了，她將錯就錯，冷笑了一聲，道：「多少錢？我們的首領又在什麼地方？」

「一如你們提議的，七千萬英鎊，全是現鈔，你們的首領已回達拉姆去了。」

七千萬英鎊！這是一個何等龐大的數字！

木蘭花吸了一口氣，道：「這是非法的買賣，你們知道麼？」

「可是，你們的首領說，他可以保證我們安全離去的。」

「他的保證失效了，你們下來，我可以保證，你們將會得到公平的審判。」木蘭花冷冷地道。

她一直抬頭向上，並沒有覺出有兩個水手已經口含著尖刀，在向她游了過來。

「那太不公平了。」船般的三個船長卻是看到了那兩個水手的，他們盡量地拖延著時間，「我們可以將石油還出來，只要我們取回款項就行了。」

「不行！你們這種行為，能夠——」

木蘭花的話未曾講完，她已經覺出小艇向右一側，她陡地轉向左，手中的衝鋒槍疾揮而出，重重地擊在那一個水手的右顎上，但也就在這時候，左面另一個水手卻已撲了上來，粗壯多毛的手臂緊緊地箍住了木蘭花的頸部。

那一個受了一擊的水手跌下海去之後，立即又爬了上來，木蘭花用槍托向身後撞著，一下，兩下，撞著箍住她頭頸的那個水手。

那個水手怪叫一聲，伸手來奪她的槍，木蘭花竭力地掙扎著。

突然，那個水手的手指扣中了槍機，一陣震耳欲聾的槍聲過處，一排子彈射進了船身！

在那近乎百分之一秒鐘的時間內，每一個人都完全呆住了。是木蘭花最先從震驚中醒過來，她陡地掙脫了那個水手，反身一躍，向後躍了開去。

當她的身子才一碰到海面的時候，一下驚天動地的爆炸聲，已在她的耳際響了起來。爆炸的氣浪，掀起了一個高達三十呎的浪頭。

而木蘭花的身子恰好在那個浪頭之上，她被浪頭向外拋了出去，她的眼前，全是深藍色的海水，但突然間，她又看到了火！

那二艘油船，全是載滿了石油的，一旦爆炸起來，附近的海面將成為名副其實的火海！

木蘭花的心中並不為她自己擔心，因為她正被浪頭向岸旁捲去，她已經越過了燃燒著的海水——那真像整個海都在燃燒一樣。

她跌在碼頭不遠處的地方，碼頭也已經著火了，那是油船爆炸的時候飛過來的火種。

木蘭花的柔道造詣，使得她跌下來的時候並沒有受傷，她一骨碌站了起來。她不禁呆了。

海上，一片火，三艘油船中最外面的那艘，也就是中槍最後爆炸的那一艘，已經根本看不見了！另外兩艘正在燃燒，它們的爆炸正是意料中事。

船上的水手正如同世界末日降臨一樣地向岸上跳來，海上也有著全身著火在發出慘叫的水手。

回頭看去，達拉姆鎮雖然還未曾著火，但是鎮後的油田卻已經燃燒了很久，濃煙罩在達拉姆鎮的上空，火星像密雨一樣地向下降著。

鎮上的居民本來是向海邊逃來的，這時海上也全是火，他們又沿著海邊向兩旁奔了開去。

木蘭花並沒有呆了多少時候，便跳過碼頭，碼頭上已亂成了一片，木蘭花推開了幾個人，奪到了一輛倒在地上的摩托車旁邊，扶起了摩托車，踩下油門，摩托車向前飛了出去，她人才躍上了車子。

她駛進了鎮中，鎮上幾乎已沒有人了，濃煙越來越濃，所有的木頭建物都已經發出了畢畢卜卜的聲音來，那是火勢烤逼的結果。

木蘭花衝出了達拉姆鎮，轉向左，左面是一條平坦的大路，那條路是通向機場的，木蘭花聽到在機場方面傳來了密集的槍聲。

當木蘭花在聽到那個船長說「你們的首領已回到達拉姆」去的時候，她已經知道，卡基一定也準備逃走了，他不是準備和油船一起走，而是由空中走。

如今，薩都拉和他的部隊當然也已趕到機場了，希望他能夠及時攔阻卡基攜款逃走。

摩托車飛也似地向前馳去，濃煙隨著風，陣陣向前撲了過來。在將到機場的時候，木蘭花躍下了車，在路旁的一個水潭邊停身下來。她取出手帕，浸濕了紮在臉上，以防禦濃煙的侵襲。然後，她又上了車，等到車子一進機場之際，她便滾下車來伏在地上。

機場的上空也已罩滿了濃煙，她回頭看去，達拉姆鎮已經著火了，幾乎四周圍都是火！

機場中的槍聲仍然很密集，木蘭花向前看去，只看到狼藉的身體和歪倒在地上的飛機，完整的飛機只有一架，在機場的中心。

那架飛機，顯然是兩方面人爭奪的對象，因為要逃生。除了這架飛機以外。已絕沒有第二條生路了。

在飛機的兩旁，推倒在地的卡車被當作臨時的工事，木蘭花看到薩都拉和穆秀珍這方面，顯然處在劣勢。

可能只有他們一架飛機能夠安全著陸，因為其餘四架飛機已成了殘骸，而在兩輛卡車之後，薩都拉、穆秀珍和其他三個軍官正在放槍，看來他們這一方面，已只剩下那幾個人了。而卡基這一方面，卻還有十來個人之多，他們正隱在一輛卡車之後，在向那架飛機緩緩推進。

「卡基！」在槍聲稍疏之時，薩都拉雄壯的聲音突然響了起來！「你……究竟為了什麼？你領導革命，你被選為總理，你是人民崇拜的偶像，你究竟為了什麼？」

薩都拉的聲音十分沉重，顯得他的心頭正沉痛萬分，惋惜他好友的墮落。

「哈哈——」卡基發出了陣陣怪笑，「我為了什麼？我為了錢，我也是人，我為什麼不能像皇帝一樣地生活？而做一個只拿少得可憐的公俸的總理？你如果肯合作的話，不是什麼都不成問題了麼？可是你這頭卑鄙的畜生！」

卡基在咬牙切齒地罵著，穆秀珍向他連放了七八槍，但是她卻射不中他，因為卡基和他的同伴掩蔽得十分之靈巧。

從穆秀珍的這個角度上，是射不中他們的。

但是木蘭花卻不同了，木蘭花可以清楚地看到卡基的側影，她伏在地上，並不站起來。

她的到來，顯然沒有引起任何人的注意。

她緊貼在地面上，向前爬行了幾步，到了一個已死的士兵之前，她在那士兵的手中將槍取了下來，慢慢地向卡基瞄準，然後才扳動槍機。

「砰！」那一槍，令得卡基的身子整個地跌出了掩蔽物之外，穆秀珍的接連幾槍，子彈卻射進了他的身上，當卡基倒下去之前，他的身子因為子彈的撞擊，看來像是在跳舞一樣。

木蘭花一擊中了卡基，便站了起來。

穆秀珍看到了她。

「蘭花姐！」穆秀珍大叫著，向她奔來。

「快伏下！」木蘭花和薩都拉兩人同時大聲地叫著。

穆秀珍立即伏了下來，但是遲了，她的肩頭上已經中了一槍。

木蘭花猛地向前奔去，她手中的衝鋒槍噴出了連串的火舌，薩都拉和那兩個軍官大聲叫著，也跳出了掩蔽物，向前衝去。

濃罩在機場上空的濃煙越來越甚，木蘭花扶起了穆秀珍，穆秀珍的眼中含著淚，道：「蘭花姐，我只當……你已死了。」

木蘭花顧不得回答，她拖著穆秀珍穿過嗤嗤飛來的子彈，向那架飛機奔去。兩人一起爬進了機艙，木蘭花找到了飛機上的機槍，她按下了鈕掣，機槍吼叫了起來。

在機槍的吼叫聲之後，一切都靜了下來。

薩都拉滿身是汗，頰上還有著血痕，站在跑道的旁邊，他手中還提著槍。那輛在卡基身邊的卡車，已被飛機上的機槍射成了蜂巢。敵人當然全都解決了。

「薩都拉先生！」木蘭花向外叫著：「你快上飛機來，我們就要走不脫了！」

但是薩都拉卻並不向飛機上來，他只是向卡基的身體走去。

木蘭花連忙又下了飛機，向他奔了過去。

薩都拉來到了卡基的身邊，滿面痛苦地叫道：「你為什麼要這樣做，為什麼？為什麼？」

他擺動著手中的槍，發出了一排子彈，那是毫無目標的，只不過為了發洩他心中的恨意而已。

但是，那一排子彈卻射中了兩隻大皮箱，大皮箱被射中，打了開來，大額的英鎊鈔票漫天飛舞！

木蘭花一拉薩都拉，道：「我們快走吧，他不是一個愛國志士，只不過是為了個人利益而活動的人，他墮落到這一地步，並不是出奇的事！」

薩都拉被木蘭花拉著，上了那架飛機。

他在長長地嘆了一口氣之後，坐上了駕駛位。

這時，機場有一部分建築物也已開始著火了，薩都拉小心操縱著儀器，飛機穿過濃煙密布的跑道，在跑道上奔馳著。

木蘭花一面在替穆秀珍裹傷，一面擔心離不了機場。

她的擔心被證實是多餘的，飛機終於衝破濃煙，升到了空中。

當飛機升到一千呎高空的時候，他們向下望去，達拉姆鎮已完全看不見了，陸上的，海上的火，連成了一片，那是一場空前的大火災！

飛機在火場的上空，盤旋了幾圈。

「薩都拉先生，」木蘭花道：「你還是快些回巴城去吧，這是一場巨劫，如果沒有你來主持善後，那更加不堪設想了。」

薩都拉又嘆了一口氣，並沒有說什麼，但是飛機卻向巴城的方向飛去。

阿拉伯某國這幾天出了兩件引起世界各國都注意的大新聞，一件是南部油田地區的大火，另一件便是政變成功，內政部長薩都拉登上了總理的位置。

這是兩件大新聞，也還有許多小新聞。

小新聞大都是說火災的，其中包括各國專家用最新的方法撲滅了大火等等。但也有一則小新聞是關於新總理上任之後的事的。

那則新聞很短，是由一家不很著名的通訊社拍出的，全文如下：

「閃電政變成功，新任總理的薩都拉，在上任之後的第三天，在巴城機場上替兩位美麗的東方小姐送行，在機場上，他似乎十分依依，那兩位美麗的東方少女，不明身分。」

那兩個被這個通訊社記者稱之為「美麗的東方少女」的，就是木蘭花和穆秀珍。那是她們離開南部油田之後四天的事，穆秀珍的傷也好了。

她們離開了巴城，回到了自己的家中。

薩都拉要給她們酬勞，她們不要，她們只是在黑龍黨的總部中，找到了「水星」用來威脅市長太太的那分偵探報告書，和許多不堪入目的相片，想不到市長的肥太太居然是一位風流人物。

她們將這分東西帶了回來，休息了一天，她們便和市長太太通了一個電話，邀請市長太太到她們的家中作客。

本來，她們是仍受著警局的通緝的，但是市長太太在接到了木蘭花的電話之後，連忙通知方局長，絕不可再和木蘭花為難。

當晚，面色青白的市長夫人趕到了木蘭花的家中，木蘭花和她展開了秘密談判。

穆秀珍並不知道她們談判的內容如何，她只看到市長夫人抹汗的次數越來越多，而任她怎樣抹汗，她額上的汗珠仍是如同一條條小河一樣向下流來。

談判大約過了半小時左右，市長夫人才連聲說著「好」字，站了起來，拿著一隻牛皮紙袋的信封，踉蹌而去。

木蘭花也站了起來，伸了一個懶腰，道：「『水星』用這分資料來威脅市長夫人陷害我們，我剛才用這分資料——」

「威脅她一定要炒方局長和高翔兩人的魷魚！」穆秀珍餘怒未息，立即接上口。

「當然不，」木蘭花笑了一下，「我是要她捐一大筆錢出來，興辦一所免

費中學，她總算答應了，我們也做了一件好事。」

「好啊，那可便宜了他們這兩個人了。」穆秀珍大聲說。

木蘭花並不回答，她踱出了門口，小花園中的空氣十分清新。

她深深地吸了一口氣，心中十分高興。因為這些日子來，她和如此凶惡的黑龍黨作鬥爭，終於取得了勝利！

火
龍

1 木雕人頭

秋高氣爽，陽光明媚。

木蘭花雙眉微蹙，坐在樓下的客廳中，像是正在沉思著什麼。院子外面，傳來了「叭叭」兩下汽車喇叭聲，穆秀珍手上捧著一大包用舊報紙包成的包裹，跳跳蹦蹦地奔了進來。

「蘭花姐，蘭花姐，你看我買了些什麼？」她一口氣奔進客廳，手中的紙包向木蘭花一揚。

木蘭花像是不怎麼感到興趣。

「你看，這是真正的藝術品！」

穆秀珍不等木蘭花回答，便將紙包拆了開來，包內的東西跌在地氈上，那是六根木頭雕刻的人頭，看來有些像南洋一帶土人的雕刻品，線條粗豪，拙樸，雕的全是老人頭像，每一個人頭像的神情雖然各自不同，但是卻個個都是愁眉苦臉，在他們的臉上，可以看出生活對他們的折磨。

無可否認，它們的確是藝術品，但是木蘭花卻並不現出欣賞的表情來，她的秀眉反倒蹙得更緊了。

「怎麼，蘭花姐，你不喜歡麼？」穆秀珍張大了眼睛。

「你是花多少錢買來的？」

「不貴，五十元一個。」穆秀珍十分得意。

「唉。」木蘭花嘆了一口氣。「秀珍，你花錢太隨便了。」

「怎麼？」穆秀珍嘟起了嘴，顯然她不高興木蘭花的指責。「我們不是還有許多錢麼？三百元算得了什麼啊？」

木蘭花取起了茶几上的一張紙，向穆秀珍揚了揚，道：「你看，這是銀行月結單，我們本來還有八百元存款，給你用去三百元，只剩五百元了，怎麼辦？」

「哈！」穆秀珍拍手跳了起來，「這世界上有的是不義之財，我們還怕取不到麼？」

「胡說！」木蘭花沉聲叱責，她沉著臉，樣子十分威嚴。

穆秀珍不禁吐了吐舌頭，她不敢再出聲，匆匆收起地上的木雕人頭像，向樓上奔去，可是才奔上樓梯，卻又走下來，順手將其中的一個放在鋼琴上，又回頭向木蘭花扮了一個鬼臉，才向樓上奔去。

木蘭花輕輕地嘆著氣，的確，以她的身手而論，要在市內一些暴發戶身上取些不義之財，那是太容易了，但是她卻不屑為之。她也不屑去向人求助，可是怎麼辦呢？五百多元可是維持不了多少時間的啊！

她站了起來，在客廳中踱了幾步，又向外走去，她剛步下石階，便突然一呆。在鐵門外，有一個人站著。

木蘭花在以前，從來也未曾見過那個人。那個人高而壯，但是卻只有一條腿——左腿。在他的右脅下，支著一根十分粗陋的拐杖。

他面目粗糙，像是在條件十分辛苦的地方做過不少辛苦工作一樣。由於他皮膚的黧黑粗糙，以致他的年齡、他是哪一國人，都不易分辨得出來。

那人正站在木蘭花住所的鐵門之外，向屋子內探望著，木蘭花呆了一呆，便向門外走去。

她起先以為那是一個乞丐，可是，她才一步下石階，那獨腳人卻迅速地向後退了開去。

別看他只有一條腿，他的行動十分迅速，等到木蘭花到了門外時，那獨腳人已經轉過路角去了。

木蘭花在門外站了片刻，返回到屋中，她取了一具自動攝影機每隔三分鐘拍攝一格用的，放在鐵門旁的水泥柱上，鏡頭對準了大門——水泥柱上的燈罩，將攝影機遮了起來。

「蘭花姐，你在做什麼？」穆秀珍站在客廳門口，大聲地問。

「沒有什麼，好像有一個行跡可疑的獨腳人正在窺視我們。」

「哼，他一定活得不耐煩了！」穆秀珍搖了搖頭。

木蘭花回到了屋子中，她看到了放在鋼琴上的那個木頭雕像，她在穆秀珍的肩上拍了拍，笑道：「剛才你沒有惱我吧。」

「沒有，」穆秀珍笑了起來。「但另外五個木頭人頭可遭殃了，我一氣，將它們抛進了閣樓的最深處。」

「那你還是惱我了。」

「沒有，」穆秀珍舉手作發誓狀，「我一點也沒有惱你，只是氣我什麼地方都可以去，偏偏想逛古董街，以致買了那六個木頭人頭。」

「已經買了，那也就算了。」木蘭花安慰著她，走到了鋼琴前面，掀開琴蓋，一面彈出一首悅耳的小夜曲，一面欣賞著那表情愁苦的木雕人頭。

在沒有冒險事情的時候，木蘭花和穆秀珍兩人的生活是十分正常的，木蘭花有著嚴格的時間表，她一天要學的東西，幾乎等於理科、文科大學生的總和，木蘭花對於一切新奇的東西都有著濃厚的興趣，這也就是她為什麼會擁有那麼廣泛知識的原因。

第二天早上，木蘭花取下了那具攝影機，進入了她自備的黑房，半小時後，她取著一大捲電影菲林走了出來。

「秀珍，你來看。」

她將電影菲林放在放映機上，放映機軋軋地響著，在對面的一幅牆上，出現了跳動的畫面。由於影片是每隔三分鐘才映一格的原故，一輛單車在她們門前慢慢駛過，看來也像是火箭一樣地快。

突然，木蘭花按下了暫停掣，畫面固定不動了，可以清晰地看到一個獨腳人正在鐵門前，在向內張望著，他粗糙的臉上現出一種十分焦急的神情來。

影片繼續放映著，那個獨腳人連續不斷地出現，照時間算來，直到午夜之後他才離去。

「這個獨腳人，他想做什麼？」穆秀珍充滿了疑惑。

「我也不知道，但是我料定他今晚一定還要來的，秀珍，你可有興趣埋伏在門旁的灌木叢中，恭候他的大駕麼？」

「當然有！」穆秀珍興致勃勃地高叫。

自她們從阿拉伯回來之後，已經平靜了有大半個月了，對於好動的穆秀珍來說，這幾乎是不能夠忍耐的事情。

「好，可是沒有我的命令，你可不能胡來。你記得，當我發出夜鶯的鳴叫聲時，你就和我一起現身。」木蘭花發出了一連串悅耳的夜鶯鳴叫聲來。

「我明白了！」穆秀珍揚著手。

那一天，她至少抬頭看了一千次，希望天色快些黑下來，而木蘭花則仍是如常地工作和自修。

天終於黑下來了，那是一個陰沉的晚上。

木蘭花和穆秀珍兩人在天一黑時，便躲在門旁的灌木叢中，等待那個獨腳人的再臨。

可是，時間一點一點地過去，卻不見那個獨腳人來到。

已將是午夜時分了，穆秀珍好幾次不耐煩，待要衝了出來，但是木蘭花卻又沒有發出夜鶯的叫聲來，她只得耐著性子等著。

木蘭花也有些不耐煩了，她看了看手錶，已經是零時三十分了。

她已準備放棄埋伏，她剛待發出夜鶯的鳴叫聲，招呼穆秀珍一齊進屋去。但是，也就在這時，黑暗之中突然傳來了一聲怪叫聲。

即便是木蘭花這樣勇敢過人的人，聽到了這樣的一下怪叫，也忍不住毛髮直豎！這分明是一個人所發出的聲音，但是那聲音之淒厲，卻又不像是人類所能發得出來的！

木蘭花陡地站了起來，穆秀珍也站了起來。她們兩人迅速地靠在一起。那種慘叫聲又發出了第二下，接著，便是一個人大叫了一句話。那是一句德文：「不要，不要這樣待我。」

再接著，便又是那種難聽、淒厲的聲音叫道：「『火龍』，是『火龍』，七一〇號計畫——」

叫的仍是德文，當叫出「七一〇計畫」這一句話之後，聲音也陡地靜止。木蘭花和穆秀珍兩人以最高的速度向前奔去。

她們住的地方是郊外，要隔五十呎才有一盞路燈。當她們奔過了兩盞路燈的時候，便在第三盞路燈黯淡的光芒下，看到了那個獨腳人。

獨腳人跌倒在路面，身子蜷曲成一團。

當木蘭花和穆秀珍兩人奔到了他面前的時候，穆秀珍也不由自主發出了一下尖叫聲，猛地轉過頭去！

那是怪不得穆秀珍的，而是因為那獨腳人面上的神情，太恐怖了！他雙眼凸出，舌頭半吐，自他的眼中，鮮血點點滴出，在慘淡的燈光下看來更是觸目驚心！

他分明是已經死了！

木蘭花拉著穆秀珍，向後退出了一步。

她知道那獨腳人之死，一定和一件非常的事情有關，而且可能和自己有關。但儘管她的頭腦十分靈敏，這時卻也猜測不出究竟是什麼樣的事，和她又有什麼樣的關連。

她在拉開了穆秀珍後，立即取出了一支小電筒來，照射著那個獨腳人。在電筒光的照映之下，獨腳人死前的神情更是可怖之極，木蘭花幾乎可以立即肯定，那獨腳人是中毒而死的，因為他的左頰上，還刺著一枚黑色的尖刺。

木蘭花戴上了一副極薄的橡皮手套，將那枚尖刺小心地拔出來，放入一隻小皮袋中。

她又在那獨腳人的身上搜了搜，那獨腳人的身上除了一些零錢之外，幾乎什麼也沒有，在一隻煙盒中，有著十來個煙蒂。

木蘭花正想將之順手扔去的時候，忽然又看到在煙盒的底部，似乎有一張殘破的紙片，木蘭花忙將之收了起來。

在搜索那獨腳人的時候，木蘭花更看到那獨腳人的左腕上，像是有一個被刺出來的字母。字母的後面，連著一個數字。但是這一部分的皮膚，顯是經過刺除手術，所以字母和數字都已模糊不清了。

木蘭花轉過身，穆秀珍才開始講得出話來，道：「蘭花姐，我們……我們要搬家了。」

「別胡說！」

「你看，這獨腳人死得那樣可怕，要是他……成了鬼，我們是最近的一家……」

「那不是更好麼？」木蘭花又好氣又好笑，說：「你整天和人打架，幾時也和鬼打一架，該有多好！」

「別開……玩笑了！」穆秀珍面色發白，「我們還是通知警方吧。」

「不必，明天一早，這具屍體便會被人發現，方局長和高翔兩人因為上次市長夫人的失寶案，一直不好意思和我們見面，一定會趁此機會來向我們詢問一些什麼的。」

「蘭花姐，你剛才好像在死人身上取了一些什麼東西？」

「是的，一枚毒針，那是獨腳人致死的原因，還有一小片紙片——」

「噢，快看紙片上寫的是什麼？」

這時，她們兩人已在向家中走去。

照木蘭花行事的作風，她一定是要等到家之後，才去察看那紙片上寫著些什麼字的，但穆秀珍卻十分心急，她連說了幾遍，木蘭花不得不將那隻煙盒取了出來。

那片紙片，只不過三吋見方，而且還殘舊之極，上面寫的字也幾乎看不清了。木蘭花停了下來，她讀出了紙上的字，那是德文，穆秀珍看不懂。

「上面說些什麼？」

「紙上的字是毫無意義的，它是說——」

木蘭花剛講到這裡，突然之間，在電燈柱的後面，竄出了一個人來！

木蘭花為了看清紙片上的字，正是靠著電燈柱而站立的。

木蘭花絕未想到在電燈柱後會有人！

那從電燈柱後面竄出來的人，身形十分高大，身手也非常靈活，他一拳擊向木蘭花的腰際，木蘭花應變極快，身子猛地向旁一側，避了開去。

但在她一避之際，手臂不由自主向上揚起，那身形高大的人一伸手，將木蘭花手中的紙片搶去了一大半，穆秀珍怪叫一聲，「呼」地一掌，劈中了那人的肩頭，那人身子猛地向旁一側，打了一個滾，滾到了路邊的草叢之中。

穆秀珍還待追了過去，可是木蘭花將之一把拖住。

那人在跌進了草叢之後，又一躍而起，向前奔出了十來碼，扶起了放倒在地上的一輛摩托車，騎了上去，飛馳而去。

那人的動作是如此之靈敏，可見他一定是久經訓練的人。

「蘭花姐，你放走凶手了！」穆秀珍抱怨著。

木蘭花沉思著，一聲不出，好一會，她才道：「秀珍，你別將事情看得太簡單了——」

「那紙上寫的究竟是什麼字？」

「人頭！」木蘭花簡單地回答。

「什麼？」穆秀珍又嚇了一大跳。

「人頭。」木蘭花再說：「六個德文單字譯成中文，就是人頭的意思。」

她揚了揚手中的一小片紙片，道：「這裡還有兩個『人頭』，那個騎摩托車而走的人，搶了四個『人頭』走了。」

「人頭又有什麼意思？」

「誰知道，我們快回去睡吧！」

穆秀珍眨了眨眼，她心中的問題太多了，以致她竟決不定該問什麼才好。

她們回到了家中，鎖好了門，穆秀珍只當木蘭花一定會對這一連串神秘事情發表一些意見的，卻不料木蘭花換好了睡衣，倒頭就睡。

穆秀珍翻來覆去地睡不著，好幾次想問，卻又怕吵醒木蘭花，好不容易到天快亮的時候，她才矇矇睡去。

而獨腳人的屍體已被路人發現，報告警方了。

警方沒有很重視這件事，因為獨腳人看來是一個窮途潦倒的人，倒斃在路邊，那並不是一件值得深究的事。

但因為事情發生的地點離木蘭花家不遠，高翔首先注意到了這件事。

上午十時，高翔進謁方局長，兩人商討了片刻，都覺得這是一個和木蘭花恢復友情的好機會。

他們越來越賞識木蘭花的才能，但是因為曾經誤以為木蘭花是偷盜市長夫人珍寶的竊賊，所以一直不好意思和木蘭花見面。

上午十一時，穆秀珍還在高臥未起，木蘭花在做早操，方局長和高翔來了。

方局長和高翔兩人會來，早在木蘭花意料之中。

雙方寒暄了幾句，坐了下來。

穆秀珍聽到了人聲，自樓上臥室門口探頭大叫道：「方局長，高主任，你們是不是又來捉拿我們了？」

方局長和高翔的面色十分尷尬。

「秀珍，你別頑皮，他們兩位是為昨晚距我們這裡不遠處有一個人倒斃在路上而來的，我們離得如此近，竟還不知道有這件事呢！」

「是啊，」穆秀珍在樓上應聲道：「我們晚上睡得十分好！」

她一面說，一面卻又打著呵欠！

高翔也是十分機靈的人，他立即覺出穆秀珍是在說謊，她晚上並沒有睡好，如今也還睡眠不足，但是高翔的頭腦，卻還未曾靈敏到將穆秀珍睡眠不足一事和倒斃在路上的那個獨腳人聯繫起來。

主客雙方都講著無關重要的客套話，木蘭花假裝著不經意地問道：「這幾天可有什麼國際特務在本市活動麼？」

「沒有，他聽到穆小姐你的大名，哪還敢在本市展開活動？」方局長盡量討好木蘭花。

「沒有什麼特別的事麼？例如德國法西斯分子的活動之類，有沒有新的事情？」

「咦，」高翔覺得奇怪，「穆小姐，你為什麼會這樣問呢？」

「沒有什麼，我只不過隨便一問而已。」

她站了起來，高翔和方局長兩人也告辭出去。

在門口，木蘭花向他們招著手，送他們上了汽車。

也就在這時，木蘭花又看到她家門前，有兩個行跡可疑的人在逡巡。

木蘭花知道，一連串神秘的事件並沒有因為獨腳人的死亡而結束。

木蘭花無法去想像事情的本身究竟如何，昨天晚上，穆秀珍以為她睡著了，其實她是躺在床上，在靜靜地思索著。

到日前為止，她對整件事情還是茫無頭緒，但是她卻可以肯定幾點：

一、那個獨腳人是德國人，極可能是二次世界大戰時期納粹的近衛隊員——希特勒最親信的部隊，因為納粹近衛隊員的腕上是刺著他們的番號的，那獨腳人的腕上，正有著這樣的痕跡。

二、那獨腳人知道一個計畫，那計畫的代號是「七一〇計畫」，大約與

「火龍」一詞有關。獨腳人可能就是死在知道這一個計畫上的，而殺死獨腳人的人，並不是自她手中搶去紙片的人，因為昨晚她留意到那撿去紙片的人腰際有槍，而獨腳人是死在毒針之下。

三、那獨腳人可能在蠻荒之處度過一段日子，要不然，他的皮膚不可能如此粗糙。

除了這三點之外，木蘭花別無所知，她也不知道獨腳人來她門口窺視，究竟是為了想得到什麼。

獨腳人或許是想得到木蘭花的幫助，或許不是，還有那紙片上六個「人頭」單字，又是什麼意思呢？

木蘭花的腦中亂成一團，她決定出去散散心，使自己的日常生活不受影響。

這一天中午過後，她和穆秀珍兩人都出去了。

兩人回來的時候，已是傍晚時分了。

她們才一進門，便覺出有些不對頭的地方，木蘭花急步衝進了客廳，面上立即現出了厭惡又憤然的神色來。

大廳中所有的陳設，幾乎都被搬動過！

雖然一切都已盡可能的放在原來的地方，但是她們兩人還是一眼便可以看得出，所有的東西都被人家搬動過了。

穆秀珍罵了一聲，衝向樓上。

「蘭花姐，樓上也是一樣！」

木蘭花坐了下來，她的心中又多了一個疑問：為什麼有人要對她的住所進行徹底的搜索呢？

本來，像木蘭花那樣專與壞蛋作對的人，家中被神秘地搜索，這並不能算是出奇的事情，但發生在如今這樣的時候，使木蘭花覺得，這一連串的事情是有關係的。

「蘭花姐，我們不採取對策麼？」穆秀珍滿面皆是怒容。

「我們根本不知道進行搜索的是什麼人，如何採取對策？」木蘭花的神情像是十分疲乏，「看看可曾少了些什麼？」

「我看過了，並沒有少什麼。」

「那就算了，我們只有等著，等著事情進一步的變化。」

「哼，等著，等著！」穆秀珍憤然地以拳搥打茶几，茶几上的一隻花瓶也被震到了地上。

木蘭花將之拾了起來放好，吹著口哨，上樓休息去了。

她心中並不輕鬆，而且還很緊張，因為越來越表示，事情和她有關係的了。

她上樓之後，檢查了一下，什麼東西也沒有失去。

她沉思了好一會，才和穆秀珍兩人吃了些三明治當晚餐，晚餐後，聽了一些古典音樂唱片。又一齊上床安息。

那是午夜一時正。

木蘭花和穆秀珍兩人突然被一種蒼老的、沉重的笑聲所驚醒。

她們兩人一齊欠身坐了起來。

穆秀珍伸手握住了木蘭花的手臂，那種笑聲，就在樓下的客廳中傳上來的，什麼人會在半夜三更，來到她們的家中高笑呢？

她們兩人的心中，都不禁駭然。

木蘭花一翻身，從枕頭下取出了她自己製造的彈槍來，拉開了房門。

穆秀珍取了一支電筒在手，按亮了電筒，那從客廳中傳來的笑聲，也突然停止。

「什麼人？」穆秀珍大聲喝著。

客廳中十分寂靜，一點聲音也沒有。

木蘭花貼著牆，迅速地向前移動著，到了樓梯的扶手，向下躍去。一落地之後，她立即躍到了一張沙發之後。

客廳中並沒有人。

她站了起來道：「秀珍，下來吧，沒有人。」

穆秀珍走了下來，開著了燈，客廳中大放光明，的確沒有人。

木蘭花迅速地檢查著門、窗。門窗都好好地關著。

當她們打開房門的時候，那種笑聲還清晰地傳進她們的耳中，但是這時，大廳中卻沒有人，一個人也沒有，門窗都關著，剛才是什麼人在發笑呢？

木蘭花的視線緩緩地掃射著客廳，她要確定是不是有人躲在可以躲藏的地方。

「蘭花姐，你看！」

穆秀珍突然發出了一聲驚呼，手指著擺在鋼琴上的那個木雕的人頭。

木蘭花循她所指看去，也呆住了！

她簡直不敢相信自己的眼睛，但是她所看到的事，又不容她不信！

那個木雕人頭仍然擺在穆秀珍順手所放的老位置上，但是人頭的表情卻變了，它不再是愁眉苦臉，而是張開了口，在哈哈大笑！

「蘭花姐，」穆秀珍靠近了木蘭花一步，手仍指著那個木雕人頭，「是——它在笑。」

「秀珍，木頭人會笑麼？」

「可是——它已張大了口。」

木蘭花不禁也難以回答。

穆秀珍買回來的六個人頭像，全是愁眉苦臉，閉著嘴的，在鋼琴上的一個也不例外，她在彈鋼琴的時候，還曾經對之注視了很久，欣賞著那粗獷的線條，她記得極之清楚。

但是如今，那木頭人像卻變得張大了口，而她們還曾聽到笑聲。如果說，不是那木雕人頭在發笑，那麼，又有什麼特別的解釋呢？

「蘭花姐，我知道了，」穆秀珍一本正經地說道：「我買回來的那六個人頭，一定是古物，它們已成——」

穆秀珍講到這裡，自己也覺得不好意思起來，她並不是沒有知識的人，怎好意思說出木雕人頭「成精」這樣的話來呢？

「秀珍，」木蘭花拿起了那人頭像來，仔細地看著，「你看，這人頭是不是你買回來的那個，木質是一樣的麼？」

穆秀珍低頭看了看，搖頭道：「很像，但是並不一樣。」

木蘭花哼地一聲，將人頭向地上一拋，道：「我們仔細地找一找，我可以肯定，一定可以找出一隻小型用無線電控制的錄音機來。」

穆秀珍也漸漸地明白了，她現出恍然的神色。

她們在客廳中找了沒有多久，木蘭花便在一幅油畫背後，找到了她預料中的那具錄音機。

可是木蘭花只是取出來看了看，又放了回去。

「蘭花姐，什麼人想嚇我們啊？」

「嚇我們？秀珍，你又將事情看得太簡單了，這一切，可以說都是因你而起的！」

「因我而起？」穆秀珍道：「我什麼事也未曾做過啊。」

「你崑回來了那六個木頭人頭，不是麼？」

「是啊，那又有什麼關係。」

「你可曾問過古董店老板，這六個木雕人頭是怎樣來的？」

「問過，他說是一個海員賣給他的。」

「一個海員——」木蘭花沉吟著。

「蘭花姐，你說事情是因我而起的，怎麼說到一半又不說了？」

「秀珍，你對釣魚有沒有興趣？」木蘭花問。

「釣魚？」穆秀珍大惑不解。

「我知道你心急，不會喜歡釣魚，但是我卻研究過釣魚，我知道，要魚兒上鉤，最要緊的便是要有魚兒喜歡的餌！」

「唉，蘭花姐，你——」

「我們要釣一條大魚！」木蘭花揚揚手。阻住了穆秀珍的話，「所有的餌，就是那五個剩的木人頭，你將那五個木人頭取出來。」

「那五個木雕人頭——」穆秀珍十分為難，「被我拋到了閣樓儲物室的角落處，一時之間哪裡找得出來。」

「秀珍，幸而你那五個木人頭拋到了找不到的地方，要不然我們也不能用它來釣大魚了，你快去找，找齊了之後，我來解答你心中的疑問。」

「真的?!」穆秀珍歡喜地問。

「當然。」

「我心中的疑問太多了，到時你可得一個一個地回答我！」

「你快去找吧。」

2 迷霧

穆秀珍打著呵欠走了上去，木蘭花熄了客廳中的燈，坐在沙發上等著。

過了約莫半個小時，她又聽得在那幅油畫後，傳出了一陣陣蒼老的笑聲來，她的料斷沒有錯，笑聲是那具超小型的錄音機所發出來的。

她也料到了那具錄音機是什麼時候被放置的，那當然是下午她們出去的時候。

她也知道自己家中被人進行過徹底搜查的原因了，搜索者的目的，當然是那六個木雕人頭。

但是搜索者卻只找到了一個，搜索者當然料不到他們所需的東西，會被穆秀珍在一氣之下拋到了廢物堆中。

但是搜索者卻想了一個好辦法，他們換上了一個木雕人頭，又安上了一具小型錄音機，在半夜三更，由遙程控制使錄音機發出笑聲來，那麼，便使人產生錯覺，以為那木雕人頭在笑。

這樣的結果，定然會使人去檢視其餘的五個木雕人頭，那麼搜索者便有機會得到他們苦搜不得的東西了。

木蘭花冷笑著，她已準備好了，用她的話來說，她準備「釣魚」，用那五個木製人頭去「釣」出搜索她家的人。

足足過了四十分鐘，穆秀珍才滿頭蛛網，滿面塵埃地走了下來，道：「總算找到了。」

木蘭花也沒有白費這段時間，她用五個空奶瓶，包上舊報紙，做成五團看來和木雕人頭差不多的東西。

在穆秀珍將五個木雕人頭捧下樓梯來之後，她用一塊桌布，將那五個木雕人頭包了起來，卻將那五個空牛奶瓶放在穆秀珍的手上。

「這是什麼東西？」

「你會演戲麼？秀珍。」

「咦？魚還沒有釣成，又要演戲了麼？」

「秀珍，」木蘭花笑著，「你捧著這五團東西，臉上要露出恐懼的樣子來，從後門走出去，將那五團東西拋到草叢中，口中還要喃喃地唸著『原來是成精的東西，嚇死人了。』你明白了麼？」

秘密。

「我明白了。」穆秀珍點著頭。

木蘭花四面一看，掀起了鋼琴蓋，將用桌布包住的五個木雕人頭放了進去，她知道那五個木雕人頭一定有古怪，說不定其中蘊藏著一個極其驚人的大秘密。

她自然要對那五個木雕人頭進行研究，但現在，她先想去對付那擅自對她的住所進行搜索的人，鋼琴裡面是很妥當的儲物場所。

木蘭花走出了院子，藉著一株金鳳樹樹影的掩遮，翻出了圍牆，俯著身子，繞過圍牆，回前疾行了幾步，伏在草叢之中一動不動。

她才伏下不久，便看到穆秀珍走了出來。

穆秀珍平時雖然喜歡胡鬧，但是遇上了正經事，她卻絕不含糊。

她捧著那五團物事，向外走了出來，口中喃喃作聲，面上那種駭然的神情，第一流的演員也不過如此，木蘭花幾乎要鼓掌叫好。

穆秀珍依著木蘭花的吩咐，將那五個牛奶瓶拋入了草叢之中，又唸了兩遍木蘭花教她的台詞，才又退了回去。

木蘭花在草叢中等著。

過了七八分鐘，只見一個人從一條小路上閃閃縮縮地走了出來。

還隔有十來碼，木蘭花便看到那個人的手中，持著一隻小型的無線電控制儀，肩上還掛著一具望遠鏡。

木蘭花心中暗道：「保佑他沒有看到我，只看到了秀珍才好！」

那人漸漸地向木蘭花接近，到了離木蘭花只有三碼處才停了下來，四面張望了一下。他顯然沒有發現木蘭花。

那人張望了一下之後，便開始在草叢中尋找了起來，不一會，便給他找到了第一個空奶瓶。

木蘭花一直在耐著性子打量他，只見那人看來像是一個日本人，穿的卻又是一套唐裝衫褲，大約四十左右年紀，鷹鼻高顴，一看便知道是一個十分陰險的人物。

木蘭花直等到那人撿起了第一個空奶瓶，面上的神情一變，像是已知道被人家戲弄之際，她才陡地從草叢中站了起來。

「舉手，別動，你是沒有機會反抗的！」木蘭花冷冷地喝著。

那人猛地一震，伸手向左腰，但是木蘭花又疾喝道：「別動！」

那人的右手離他腰際的槍只不過半呎，但是他終於不敢再動，他舉起了手來。木蘭花踏前兩步，將他腰際的槍取了下來。

那是一柄德國製的軍用手槍，這種手槍的產量很少，外間不很常見，希特勒曾親自定名為「勇者之槍」，他也曾頒贈給他的近衛隊員，每人一柄。木蘭花本就疑心事情和納粹的近衛隊員有關，如今又多一個證明了。

「朋友，從你的設計看來，你不失為一個聰明人，如果你真是一個聰明人的話，那麼應該知道，這時最好是順從我，我要和你作一次詳談。」

「沒有什麼好談的。」那人以不十分純正的中國話回答著木蘭花。

「當然有，請你走在前面，別想反抗。」木蘭花揚了揚手中的「勇者之槍」，她並且熟練地扳開了槍上的保險掣。

那人面上變色，向著木蘭花指的方向走去，木蘭花跟在他的後面。

就在他們兩人一先一後來到了後門口的時候，突然生出了變故！

在木蘭花的控制下，那人本來是絕對沒有逃走的機會的，但是就在此際，穆秀珍的一下尖叫聲，卻從屋內傳了出來。

緊接著，屋內發出了「砰」地一聲巨響，又是一下十分響亮的玻璃碎裂聲和穆秀珍的另一下尖叫聲，這一切，都是接連而至的，木蘭花陡地一呆，叫道：「秀珍！」

木蘭花一面叫，一面向前跨出了一步，那人的身子突然一側，斜著身子便向木蘭花撞了過來。

木蘭花舉起手中的「勇者之槍」，順手同那人的頭頂敲了下去。她知道屋中生了變故，無暇再與那人交纏，只想將那人擊昏過去再說。可是她卻未曾想到，她槍柄敲下去，那人的身子陡地一仰，手伸處，已抓住了木蘭花的手腕，木蘭花還未及對付之時，身子已被那人疾摔了出去。

那一摔，剛好將木蘭花摔進了後門，到了廚房之中。

木蘭花在半空中一挺身，著地之後打了一個滾，人便站了起來。她手中的「勇者之槍」仍未曾被那人奪去，但當她回頭看去，那人卻已不見了。

木蘭花當然知道那人剛才的一摔，是柔道上極高等的功夫，她一則是猝不及防，二則是聽到了穆秀珍的驚呼聲，急於要去看個究竟，所以才著了道兒。

她呆了極短的時間，立即向客廳奔去，她還未著燈，便看到穆秀珍的身子半倚在鋼琴上，隨時可以跌倒在地。

木蘭花奔過去，將她扶了起來，穆秀珍並沒有死，只不過暈了過去，木蘭花將她扶到了沙發上，開亮了燈，穆秀珍已喘著氣，醒了過來。

「蘭花姐，」她氣急敗壞地說：「人……一個人……將那五個木雕人頭取走了。」

木蘭花的心向下一沉，她未曾「釣」到魚，反倒失去了「餌」，這是嚴重的失敗！

「是什麼樣的人，你看清楚了沒有？」

「我一回來，」穆秀珍伸手按著額角，她額角上腫起了一大塊，那當然就是她昏過去的原因。「在廚房停了片刻。便來到了客廳中，我一眼就看到有人在鋼琴旁，我大聲叫了起來，向他撲了過去，那人踢翻了鋼琴椅，撞在我的額上，他打碎了窗，跳出去，走了。」

「你有沒有看清楚他的模樣？」

「沒有，只不過……那人身形高大，看來像是那天晚上搶你手中紙片的人。」

木蘭花來回地踱著，她在被打碎了的玻璃窗前站立了片刻，細心地觀察著，然後彎腰，在地上拾起了一盒火柴來。

火柴上印著：天香大酒店。

天香大酒店是第一流的酒店，這個火柴盒跌在窗外，當然是那人臨走時太匆忙，從他袋中跌出來的，也可以說是一個極佳的線索。但是，當木蘭花想到她對她要找的人所知的只是身形高大這一點的時候，她又不禁苦笑起來。

「蘭花姐，我們怎麼好？」

「你去睡覺。」木蘭花答得很乾脆。

「你呢？」

「我去找人。」木蘭花上樓去，換了衣服，帶了必需的工具，又走下樓來。

「蘭花姐，我和你一齊去。」

「不，我去後，可能還有人要來，那你就毫不客氣地用我們自製的麻醉槍射他，令他昏迷不醒，我盡可能在天亮之前回來。」

穆秀珍點了點頭，目送著木蘭花出了門，木蘭花的汽車馳去後，她才回到客廳，取出了裝有麻醉劑的「水槍」，熄了燈，坐在黑暗之中，睜大了眼睛等著。開始的時候，她精神奕奕，過了半小時，她開始打呵欠了。

又過了半小時，她雙眼慢慢地合攏。到了午夜之時，那是人最渴睡的時候，穆秀珍再也敵不過睡意，她側著頭，睡著了。

在她睡著之後不久，一個人影在她們住所的牆邊出現，慢慢地沿著牆，來到了那個破碎的玻璃窗口，那是一個十分高大的人影，但因為正是午夜，所以看不清他的臉容。

那人穿的，像是工作褲，在褲上有著許多袋子，裝滿了夜行人必備的工具。

那人在窗外停了片刻，探頭向窗內望來。

他看到了穆秀珍，穆秀珍已經睡著了，他打亮了小電筒，在窗子周圍找著，像是他在這裡失落了什麼重要的東西。

他找了有十分鐘，顯然沒有發現，又站直了身子，側著頭想了一會，又迅速地離了開去，奔出了三十來碼，從草叢中扶起一輛摩托車來，摩托車的車後，綁住一個布包，布包是一塊方格的桌布包成的。

那人跨上了摩托車，摩托車發出了響亮的「啪啪」聲，向前馳出。

那一陣「啪啪」聲倒將穆秀珍驚醒了。她猛地挺起身子來，四面一看，「沒有人！」她自言自語，打了一個呵欠，又睡著了。

木蘭花馳著車子向市區而去，她的目的地便是「天香酒店」。

天香酒店的正門，是富麗堂皇的，雖在午夜，照樣燈火通明，但是有富麗堂皇的正門的地方，往往也同時有一個十分污穢，見不得人的後門。

天香酒店也不例外。

木蘭花將車子泊在離酒店後門不遠處的一條橫街上，她到了酒店的後門張望了一下，趁人不注意，一側身便走了進去。

她進去之後，立即找到了樓梯，她向上走不了兩層，來到了裝飾富麗的走廊中。

她知道，在大酒店中，每一層都有侍者的休息室，如今是深夜，侍者可能正在打瞌睡。

她沿著走廊輕輕地走著，到了走廊的盡頭，才去推一扇門，那扇門應手而開，果然是一間侍者休息室，裡面沒有人。

木蘭花拉開房中的衣櫥，櫥中掛著幾套侍者的衣服，她取了其中的一套，迅速地穿了起來，她已經成了一個侍者。

她來到電梯前，乘著電梯，到了頂層。

天香酒店一共有一百間房間，木蘭花準備一間一間地去問，去探索。

這看來是一個十分愚笨的辦法，實際上卻是唯一可行的辦法。

木蘭花並不需要叩開所有房間的房門，她只消去叩還有燈光或是人聲的房門就夠了。

在深夜，這樣的房間是不會太多的。

頂層是六樓，她發現有四間房間門縫下有燈光透出來。

她敲門，等到有人應門時，她便問道：「是你們叫侍者麼？」然後，她又用精銳的眼光去打量房中的一切情形。

當然，住客的回答是「沒有」，她就道歉，退出。據她的觀察，那些房間中，全是初到東方的歐美遊客，並沒有她要找的人。

木蘭花耐著性子，一層一層地向下找去，但是直到二樓，她都沒有找到她所要找的人，她嘆了一口氣，看了看手錶，足足用去了一個小時。

一個小時而毫無收穫，這使得木蘭花很沮喪。

她覺得這次與之交手的對手，絕不是容易對付的人物，但木蘭花只是略感沮喪而已，她絕不灰心。

她從後門溜了出去，將侍者的衣服丟在小巷中，駕車回去。

她一面駕著車，一面仍在沉思著，那盒火柴，當然有可能是那人不小心留下來的，但如果是他故意留下，引自己走入歧途的呢？

如果真是那樣的話，那麼這個對手的難以對付處，便遠在自己想像之上了。

木蘭花腦中十分混亂，本來她已發現了事情和那六個木雕人頭有關，她雖然失去了一個，但在剩餘的五個上，還可以發現不少問題，可是如今，那五個木雕人頭也失去了。

而她曾經俘虜了一個和事情有關的人，本來是一定可以在那人的口中套出許多話來的，但是那個人卻又逃脫了。

木蘭花覺得自己在一片迷霧之中，她看不到敵人，但敵人卻可以看到她，這對她來說是十分不利的一件事。

她的車子駛得十分快，很快地便出了市區，也就在這時，她對面一輛摩托車以極高的速度駛了過來。

木蘭花聽到那輛摩托車所發出來的聲音，便不禁心中一動，抬起頭來。

那是雙汽缸七百ＣＣ性能極佳的英國摩托車，她一聽便可以聽得出那種沉重的摩托車聲，而她也記得，那個搶了她半片紙片的人，所駕駛的也正是這一類型的摩托車！

她轉頭向左，一輛摩托車在她的汽車旁飛也似地掠過。由於雙方都在高速前進，兩輛車子交錯而過的時間可能不到十分之一秒，木蘭花未能看清楚摩托車上的人是什麼模樣，但是在那一瞥之間，她卻看到了摩托車後面的那塊方格桌布，淺紫色的格子。

那正是木蘭花最喜歡的顏色，而那塊桌布，正是木蘭花用來包五個木雕人頭的！這正可以說得上「冤家路窄」了！

木蘭花陡地踩下剎車掣。她的車子發出了極其難聽的「吱」地一聲響，車胎和路面摩擦，甚至發出了難聞的橡皮臭。

正因為她的車子是在高速行車中突然停下來的，所以車身在路面打起轉來。

而那正是木蘭花所需要的，車子轉著，等到車頭朝向那輛摩托車的去向時，木蘭花踩下油門，她的車子以接近一百米的高速，向前箭也似地射了出去。

她的雙眼緊緊地盯著前面。

三分鐘後，那輛摩托車已在她的視線中出現了，木蘭花使車速增加到一百二十米。

在那樣彎曲的公路上，以這樣的高速來行車，是一件極之危險的事情，但木蘭花在這時候卻不知道什麼叫危險，她只知道：一定要把握這一機會，不讓那輛摩托車失去了蹤跡！

她的車子在那輛摩托車之旁掠過，她又作緊急剎車，車子在轉了幾轉之後，打橫在路上停了下來。

那輛摩托車恰好趕到，也停了下來。木蘭花打開車門，一躍而出。

可是她一出車子，便聽得一個冷冷的聲音道：「請你舉起手來。」

木蘭花陡地一怔，抬起頭來。那人仍跨在摩托車上，一手卻持著手槍。

木蘭花直至這時，才看清那人是一個三十五六歲左右的瘦漢子，他的眼睛中，有著鐵一般堅定的神采，一看便知道他是一個歐洲人。

木蘭花舉起了手。

「小姐，我相信你一定從天香酒店回來，因為我回去找過，那火柴盒已不在了，小姐，你的駕駛技術很好，但這樣玩命，也太不應該了。」

「先生，你不以為入屋偷竊是一項犯罪行為麼？」木蘭花語氣帶著譏諷。

「而且還暴力傷人，擊傷了一位美麗的小姐！」那漢子卻不在乎地補充著：「小姐，請你聽我的勸告，事情與你無關，不要多管閒事。」

「那你未免在說笑了，你車後的東西，是我所有財產的八分之三換來的，如今給你取走了，這怎可以說和我無關？」

木蘭花說的是實話，因為當穆秀珍以三百元的價錢買這六個木雕人頭的時候，她銀行的存款只有八百元，那確是她財產的八分之三了。

但是，這句話在不明真相的人聽來，卻會以為木蘭花是用了很大一筆款項將這六個木雕人頭買下來的。

那正是她有意要造成的錯覺。

那瘦漢子的神色略略一變，道：「你——也知道了？」

木蘭花其實什麼不知道，但是她卻點點頭道：「是的，我知道了，七一〇——」

她只說出了「七一〇」三個字，那漢子又怔了一怔，他的面色突然一沉道：「小姐，你知道得太多了，如果你不保持緘默的話，你會非常之危險的，我在逼不得已的時候也可能傷害你，至於你所受的損失，我可以保證你一定能夠得到補償。」

「我不要什麼補償，我只要得回我的東西。」

「固執的小姐，在如今這樣的情形之下，你如何能達到目的？」

那瘦漢子陡地放槍，射向木蘭花汽車的車胎。

他連放了兩槍，汽車的兩隻後胎立時洩了氣，木蘭花面色蒼白，那瘦漢子跨上了摩托車，揚手道：「希望我們不要再見了，還有，你那位女伴未免太好睡了。」

他跨上車子，疾馳而去。

當「嗚嗚」響著的警車趕到木蘭花身邊的時候，木蘭花站在汽車旁不動。

她站著不動，是因為她這次竟遭到了空前未有的失敗！

她將事情整個地想了一遍，覺得她的敵人是兩方面的，那個歐洲人和那個日本人一定不是同路人。

她也希望他們不是同路人，因為如果他們是同路人的話，那麼木蘭花就失去了一切，從此事情和她無關，也就是說，她在這件事中徹底失敗了。

但如果日本人和歐洲人不是同路人的話，那麼她仍有反敗為勝，由被動轉為主動的希望。

放置錄音機的是日本人，搜屋子的是日本人，日本人先取走了一個木雕人頭，歐洲人後來取走了五個木雕人頭。

木雕人頭一共是六個，而木蘭花一個也未曾得到。照說，她已經失敗了。但她卻還有機會，那便是得到一個木人頭的日本人會以為還有五個在她的手上，而得到五個木人頭的歐洲人，也會以為有一個在她處。

木蘭花深信六個木人頭是不可分割的，她手中雖然一個也沒有，但卻還有機會。

正當她想到這裡的時候，警車到了。

從警車上躍下來的警長，是認識木蘭花的。他來到木蘭花的面前，十分恭敬地道：「穆小姐，有人報告說這裡有槍聲。」

「噢，沒有。」木蘭花回答：「只不過是我的車子爆胎了而已。」

「那麼，讓我送穆小姐回去吧。」

木蘭花點了點頭，上了警車，由那位警長一直送她到家中。

木蘭花開門進去時，穆秀珍仍然歪在沙發上在打瞌睡，木蘭花搖搖頭，推醒了穆秀珍，她也不去責備她，只是催她快去睡覺。

木蘭花雖躺在床上，但是她卻未睡著，她仔細地想著一切的事情。

那六個木人頭落在穆秀珍的手中，當然是極其偶然的事情，但是當穆秀珍回家的時候，已被那獨腳人跟蹤，那卻是事實。

獨腳人死了，木蘭花認為那獨腳人是死在那個日本人之手的，因為獨腳人可能是納粹的近衛隊員，而那個日本人又有著近衛隊員特有的「勇者之槍」，他們可能是舊相識，而那個歐洲人，則是另一方面的人馬。

事情十分複雜，也對木蘭花十分不利，因為木蘭花除了「七一〇計畫」和「火龍」這兩個名稱之外，什麼也不知道。

第二天，是穆秀珍先起身。

到中午時分，穆秀珍接待了一個十分有禮的日本人，那日本人遞過了名片，上面印著「石川虎山」四個字。

石川虎山是來求見木蘭花的，穆秀珍上樓去通知木蘭花，木蘭花匆匆穿了衣服，下客廳來會客。

她才走下一級樓梯，向客廳中一看，便不禁呆住了。

她絕未料到，來見她的石川虎山，竟就是昨晚上和她交過手的那個日本人！而穆秀珍正毫無所覺地站在石川虎山的身邊。

木蘭花呆了片刻，腦中迅速地思索著，應該如何提醒穆秀珍，叫她快些避開。

石川虎山也看到了木蘭花，他站了起來，向木蘭花行了一禮。

木蘭花吸了一口氣，緩緩向下走來。

木蘭花到了客廳中，石川虎山以不十分純正的中國話道：「冒昧來訪，請穆小姐原諒。」

「請坐，石川虎山，你昨晚上的那一下倒摔，令我佩服之極。」

「可是，我也奪不回我的手槍。」

石川和木蘭花的對話，令得穆秀珍目瞪口呆！

本來，石川虎山的面目雖然不怎麼討人歡喜，但是他卻是彬彬有禮，穆秀珍以為他是有什麼事來求木蘭花的訪客，可是如今聽來，兩人竟是曾經動過手的敵人！

那麼，石川虎山來做什麼呢？顯然是不懷好意的了，而木蘭花則是被自己說有客來訪而叫下來的，可以說是一點準備也沒有，石川如果對她不利的話……

穆秀珍越想越是緊張，幾乎立即要向石川虎山撲了過去。

那時，木蘭花也已經看到穆秀珍那咬牙切齒的緊張神情，她連忙向穆秀珍作了一個手勢，令她不可以胡來。

「石川虎山，我想你今天來，不只是為了取回閣下的手槍吧？」木蘭花一面擺出一個請坐的手勢，一面帶有試探性地問。

「那柄手槍——本來是我的一件紀念品……」石川遲疑著。

「可是希特勒親自送給你的？」木蘭花突然的問。

石川虎山的面色陡地變了，起先，他的臉上現出了一種極其凶狠，令人一望便毛髮直豎的神情來，接著。他面色灰白，身子也搖了搖，坐在沙發上半晌不語。

看了石川虎山這種情形，木蘭花不必他回答，便知道自己是料中了。

她也想起一些傳說來，據說，在德、日組成軸心國期間，日木天皇曾派了他自己的一個近身侍衛去保護希特勒，希特勒便將之編入他的近衛隊中，那個人，自然就是如今坐在沙發上的石川虎山了。

要不然，何以一個日本人會做過納粹最核心的近衛隊員呢？

石川虎山面上變色，當然不是沒有理由的，他過去的身分已被木蘭花認了出來，他的身分一公開，那麼他一定逃避不了正義的審判！

「石川先生，你的手槍，我不會還給你，相信你不會反對吧！」木蘭花沉重地說。

「不反對，不反對。」石川拭著額上的汗。

石川來這裡，不是為了取回那柄手槍，那麼他又是為什麼而來的呢？木蘭花迅速地轉著念頭，她並不出聲，只是等石川先開口。

「穆小姐，」石川終於開了口：「我向你提議進行一件交易。」

「什麼交易？」穆秀珍搶著問。

「我準備以一筆相當可觀的現款，向兩位購買一些東西。」

「你準備多少現款。要向我們購買的，又是什麼東西呢？」木蘭花饒有興趣地問。

「我準備以一萬元美金的代價，向兩位購買那五個木雕人頭。」石川虎山鄭重其事地說。

木蘭花聽了，聲色不動。

可是穆秀珍的反應卻不同了，她幾乎直跳了起來，嚷道：「蘭花姐，你聽聽，我們不是正好用完——」

她本來一定想說「用完了錢」的，但是話未曾說完，她便覺得叫出來不好意思，紅了臉，跳到了木蘭花的身邊，在木蘭花的耳際低聲道：「賣給他，蘭花姐，我們賺大錢啦！」

木蘭花握住了她的手，向她笑了笑。

「石川先生，我能問一問，為什麼五個木雕人頭會值那麼多錢呢？」

「不能，這是我們交易的先決條件。」

「那麼，」木蘭花笑了笑，「如果我將價格抬高到十萬美金呢？」

3 秘密爭奪戰

「我的天！」穆秀珍以手拍額，叫了起來。

她以為木蘭花是在開玩笑，要不然是她已經瘋了，五個木雕人頭，就算那是埃及妖后克里奧佩特拉親手雕刻的，只怕也值不了十萬美金吧！

可是石川虎山卻並不以為木蘭花是在開玩笑，他的面色十分鄭重，他沉思了一會才道：「我們如今手頭上沒有那麼多的現金，但是我保證在三個月之內，將其餘九萬元美金付清，只要穆小姐先將五個木雕人頭給我們。」

穆秀珍拼命地推著木蘭花，她的意思是要木蘭花立即答應下來。

但是木蘭花卻緩緩地搖了搖頭。

「不！」她十分乾脆地說：「有十萬元美金現鈔，我立時將那五個木雕人頭給你們。如果沒有，那麼交易就不成功。」

石川虎山悻然地站了起來：「穆小姐，你別太固執了，我們——」

「我知道，」木蘭花不等他講完，便揮了揮手，打斷了他的話頭，「你們一定有好幾個人，而且全是受過嚴格訓練，極不易對付的人物，你們也已經用特殊的方法取走了一個木雕人頭，但你們卻得不到其餘五個，除非你們籌足了十萬元美金。我想你們一定會去設法的，因為那六個木雕人頭中所包蘊的秘密，其所值一定遠遠地超過十萬美金這個數字，是不是？」

當木蘭花講到最後時，石川虎山的面色又為之變了一變。

他靜靜地聽木蘭花講完，才向木蘭花彎身鞠躬，道：「小姐，我會隨時來拜訪你的。」

「我也隨時歡迎閣下來。」木蘭花彎腰答禮。

石川虎山向後退去，木蘭花一直將他送到了門口，看著他消失，才轉身回來。

穆秀珍早已等得不耐煩了，她一見木蘭花便大聲叫道：「一萬元美金啊，你還不賣？」

「秀珍，你怎麼了？那五個木雕人頭，可是還在我們這兒麼？」

「啊呀！」穆秀珍坐倒在沙發上，「我聽到可以有一萬美金的收入，太高興了，竟忘記那五個木雕人頭已被人搶去了。」

「你忘記得很好，剛才你神情逼真，使得石川虎山肯定那五個木雕人頭還在我們這兒，我們就還可以繼續參與這項秘密的爭奪！」

「蘭花姐，你說，那六個木雕人頭究竟有什麼秘密？」穆秀珍問。

「我如今一點頭緒也沒有，但是我想一定和德國納粹有關……噢，是了，你替我去打一個無線電報，在電報局中立等回電，你可能要等上兩三小時，在沒有等到回電之前，不要回來。」

「打給什麼人？」

「你不必多問。」木蘭花取過一張紙來，寫上了幾句話，道：「這是電文。」

穆秀珍接過來一看，只見地址是西柏林，那個收電人的名字，穆秀珍也是認識的，是在盟軍總部檔案室工作的一個朋友。電文很簡單：

「請查納粹七一〇計畫有關資料，速回電相告。」

穆秀珍摺好了紙，準備出去。

「你要小心些，如果你被人擄劫了，那麼你一定要銷毀這張紙，你明白了麼？」

穆秀珍顯然因為受託去進行一件重要的事，而顯得十分高興，她跳跳蹦蹦，向外走了出去。

木蘭花到了樓上，看穆秀珍駕車離去，她換了衣服，又拾了一些東西，也哼著歌曲，騎著一輛電單車，離開了屋子。

木蘭花其實並沒有地方可去，那個昨晚搶走了木人頭的歐洲人，木蘭花對之並無線索。她這時離開住所的目的，就是為了要離開屋子，因為她深信石川虎山和他的伙伴一定正在窺視著她，等她離開之後好再來進行搜索。

所以，她在離開的時候，將電單車的聲音弄得特別響。

而她在門外略一審視間，已發現在路旁的電線杆上，鬆鬆地垂著一條不應有的電線。

那條電線一直向前通出去，當木蘭花駕車在路上飛馳的時候，她仍在注意那條電線通向何處。結果，她發現那條電線是通向離她家約有半哩處的一所花園洋房之中。

木蘭花知道那所花園洋房的主人，是本市著名的富翁，目前全家在瑞士渡假，他的花園洋房顯然是被人利用了。

木蘭花也注意到，在離她家最近的一根柱子上，也就是那根多出來的電線的盡頭，連著一個壘球般大小的黑色儀器。

木蘭花這時還不能肯定那儀器是什麼，是遠距收聽器呢？還是電視攝影管呢？但總之，這是一項監視她行動的東西。

木蘭花的電單車駛過了那幢花園洋房，又過了小半哩，便在一間小屋子面前停了下來。

木蘭花將車推進小屋，取出了螺絲刀等工具，不到五分鐘，她已經將那輛電單車上的油箱、電池等等拆了下來。

而在這些設備被拆除之後，她那輛電單車便成了一輛普通的單車——和其他的單車絕無不同之處。

木蘭花又取出了一套衣服換上，那是郊區農民的常服，又在頭上戴了一頂很殘舊的草帽，這些都是木蘭花在離家時常帶在身邊的，她又在臉上略事化妝。

總共不到十分鐘，當木蘭花推著單車從小屋中出來的時候，她已經是一個郊區農村中的年輕農民，她騎上單車，不急不徐地踏著，向她家而去。

照木蘭花的估計，當她踏到家門口的時候，一定可以遇上石川虎山等人又在搜索她的住所了。

木蘭花在到了家門的時候。甚至連望也不望一眼，便踏了過去。

但在踏過了幾十碼之後，她便轉入一條小路，將單車放在草叢中，藉著灌木和草叢的遮掩，向前迅速地奔去，奔到了她家的圍牆下才停了下來。

她又取出一隻小小的方盒子來，那方盒子看來像是一具小型的半導體收音機，而且上面連著耳機。

木蘭花當然不會在這時候來欣賞音樂或是連續小說的，那是一具半導音波擴大器，也就是俗稱為「偷聽器」的儀器。這種儀器有一塊極薄的薄膜，輕微的，不能引起人耳鼓膜震動的音波，卻可以引起這塊薄膜的震動。

薄膜震動之後，再經過一系列的放大，便可以使人在耳機中聽到三十呎外在耳語的人，正在講些什麼話。

這種東西在歐美各國是商業間諜的常用工具，木蘭花只想聽一聽她家中是不是真有人在搜索，可是她聽了半晌，屋子中卻是靜得一點聲音也沒有，證明屋中並沒有人。

為什麼呢？石川虎山難道真的乖乖地去籌備十萬元美金去了麼？還是估計她絕不會將那五個木人頭放在家中呢？

木蘭花不禁感到十分失望，因為若是早知那樣的話，那麼她一定趁石川虎山走的時候便設法跟蹤他了，如今她已陷入了兩頭皆無線索的困境之中！

木蘭花收起了偷聽器，從後門回家去，她在廚房中坐了下來。深深地沉思著。

過了半小時，木蘭花疾跳了起來，她陡地想到，家門口通往那花園洋房的那根電線，當然是為了對付她的。

木蘭花自從在昨天之前，還未曾見過有那麼一根電線，那麼，自己何必在家裡守株待兔，何不去那花園洋房中察看究竟呢？

當然，那條電線架得如此容易被人發現，可能是一個圈套，是特地引誘自己前去的。但是不入虎穴，又焉得虎子呢？

本來，木蘭花是完全可以置身事外的，但她卻被這件事的神秘、離奇，深深地引起了她的好奇心，使她不甘退出。

她仍由後門出去，仍騎著那輛單車，向那幢花園洋房而去。

在那幢洋房附近，她停了下來。她略為觀察了一下，便決定從洋房的後面圍牆上翻進去。

木蘭花的動作十分快疾。當她翻進了圍牆之後，她貼著圍牆，站立了一會，四周圍十分靜寂，一點聲音也沒有。

木蘭花輕輕地向前走著，穿過了天井、廚房，備餐間，來到了餐廳中。

她仍是一個人也沒有遇到，這更使木蘭花堅信這洋房中有古怪，因為主人去旅行了，所有的工人難道也都放假了麼？

她進入了那陳設華麗的客廳之後，在柔軟的地毯上停了一停，正準備上樓去察看的時候。忽然聽到身後響起了一個優雅的男子聲音：「小姐，私入民居是有罪的，你不介意我提醒你這一點麼？」

木蘭花猛地一震，那聲音又響了起來：「小姐，請你別轉過身來！」

木蘭花站著不動，她心中苦笑著，整件事情似乎一開始就對她不利：當穆秀珍買回那六個木人頭的時候，正是她們經濟發生困難的時候，而以後，一切事情，她似乎都在茫無頭緒的情形下進行著。

木蘭花聽得出，那在她背後響起的聲音，正是那個奪走了五個木人頭的年輕歐洲人，木蘭花雖然背對著他，但是她還記得那年輕人英俊的臉容和那堅毅的神情。

「嘿，」木蘭花苦笑了一下，「先生，你釣魚的本領很大。」

「不敢，小姐，你明白得快，那電線的盡頭只不過是一塊黑色的木頭罷了，事實上，從這裡要觀察你的動靜，一具長程望遠鏡就可以了。小姐，如果你沒有惡意的話，我想和你好好地談談。」

木蘭花心中迅速地想著：「這個人是什麼身分呢？自己該怎樣對付他呢？」她聳了聳肩，道：「惡意？我還能有什麼惡意呢？」

「那麼，」對方也笑了起來，道：「請坐。」

「我可以轉過身來了？」

「當然可以。」

木蘭花轉身來，出乎她意料之外，那年輕人的手中並沒有武器。只是十分瀟灑地站著。

木蘭花坐了下來，對方也坐了下來。

「我叫彼得遜，小姐，直到今日早晨，我才知道你是大名鼎鼎的人物。」

「大名鼎鼎的人物卻被你設下的圈套，輕易地引了來！」

彼得遜笑了笑，他的微笑充滿了男性的魅力，木蘭花對他的印象好了不少，雖然木蘭花的心中仍充滿了警惕。

「穆小姐，」彼得遜搓了搓手。「如今發生的這件事，其實和你是一點關係也沒有的，你不要捲入這件事的漩渦中，好不好？」

「先生。」木蘭花也報以微笑，木蘭花的微笑顯然使彼得遜十分著迷。「你這樣說法，未免太一廂情願了，你剛說私入民居有罪，可是你私入民居，搶走了屬於我的東西，同時又打傷了人，這是不是有罪呢？這又怎能說與我無關呢？」

「嗯──」彼得遜沉吟了片刻，才道：「我相信你是一個能守秘密的人，你應知道，一個執法的人，即使在不得已的情形下殺了人，他仍是無罪的。」

「那麼，你是一個執法者麼？」

木蘭花心中想，對方的身分已經漸漸地要揭露了，他究竟是什麼人呢？可以肯定，他絕不會是本地警方的人員。

彼得遜道：「可以這樣說──」他伸手入袋取出了一分證件來，道：「你看，這是我的證件。」

木蘭花不必接過證件，便可以知道那是國際警察部隊高級人員的身分證明。

木蘭花並不伸手去接，她只是直了身子，道：「我明白了，我們只是平民，所以只能在你這種有特權的人面前低頭，任由你們侵犯我們的權益，是不是？」

「小姐，你這樣說，是不是太偏激些了？你要知道──這件事牽涉的範圍十分廣，好幾個國家的國防機構也予以密切的注意！」

「那麼，究竟是什麼事情呢？」

「請恕我不能說。」

「好，我想我們可以再見了。」木蘭花悻然地站了起來。

「我的要求你還未曾答應哩，小姐。」

「我已經表明過態度了，我不答應。」

「那麼，」彼得遜的聲音中，像是十分遺憾，「我就必須將小姐你暫時拘留起來，直到我們辦完事情為止。」

彼得遜的話使得倔強的木蘭花也發怒了。她斜著眼望著彼得遜，道：「你以為你可以做到這一點麼？」

彼得遜用大姆指和中指相扣，發出了「得」的一聲，立時有兩名彪形大漢走了過來，一個在左，一個在右，站在木蘭花的身邊。

木蘭花忍不住笑了起來，道：「彼得遜先生，你犯了一個大錯誤，你將自己估計得太高了！」

她這句話才一講完，身子便陡地向後退出了半步，站在她身邊的那兩個大漢迅即轉過身來，但是木蘭花的手已按在沙發背上整個人騰了起來，雙腳向那兩個大漢的下頷猛地踢出。

顯然將自己估得太高，而將木蘭花估計得太低的，不止是彼得遜，那兩個大漢也是一樣。

事實上，木蘭花和兩個大漢相比，纖細弱小得可憐，但是木蘭花動作的靈敏，卻絕不是那兩個大漢所能比擬的，當她雙足飛起之際，她的身子已趁機向後翻了出去。

那兩個大漢下頷上中了重重的一腳，身子向後跌翻了出去，木蘭花已到沙發的後面，她用力一推，將那張巨型的沙發推向前去，壓在那兩名大漢的身上，而她已向後退去。

她以背部「砰」的撞開了一扇門，一個筋斗翻向後面，她的動作幾乎是一個接著一個，絕不停留。

她翻出了一個筋斗之後，身子又斜斜地彈了起來，在一扇窗中翻了出去。

她一到了窗下，便立即蹲了下來。剛一蹲下，便有一陣腳步聲奔到了窗前，彼得遜的上半身已從窗中掠出來。

這本是在木蘭花意料中事，她立即直起身來。

木蘭花直起身子之後，她和彼得遜兩人間的距離，幾乎還不到半呎。

木蘭花倏地伸出手臂，勾住了彼得遜的脖子，身子微微一矮，已將彼得遜整個人從窗中直摔了出來，跌在窗外的草地上。

木蘭花不忍心擊昏彼得遜，因為彼得遜是個十分惹人好感的英俊青年，但是木蘭花為了要得回那五個木人頭，卻不得不下手，她的膝頭向下跪下去，撞在彼得遜的背部。

彼得遜怪叫一聲，翻過了身來。

但是他才一翻身，木蘭花的右手已向他的頸部砍了下去，彼得遜頭一垂，昏了過去，木蘭花一躍而起，來到了窗口。

她向窗內一看，便發覺自己的小心是多餘的，因為那兩個大漢還是直挺挺地躺在地上。

木蘭花轉過身，來到彼得遜的身旁，在他衣袋內搜索著。

她找到她要找的東西，一柄酒店房間的鑰匙，她在那花園洋房的草房中發現了彼得遜的摩托車，她以法律所不允許的速度，向市區馳去，直到進市區，她才將速度慢了下來。

在飛馳之中，她不禁十分得意。

她曾經好幾次挫敗在彼得遜之手，但如今，除非彼得遜有直升機可供利用，否則不可能追得上她的了！

木蘭花在天香酒店的前門停了下來，向酒店內走去，可是，在漂亮的玻璃門前，她卻被穿著制服的司門人擋住了。

木蘭花一愣，但是她立即想起自己這時的打扮完全是一個鄉下人，第一流的大酒店當然是不會歡迎這樣的人進出的。

她一句也不說，就退了開去，轉過小巷，來到了後門，在小巷中找到了一隻木箱，托在肩上，裝成是送貨的，混了進去。

那柄鑰匙上連著一塊金屬牌子，上面有著「五一五」的阿拉伯字，木蘭花奔上了五樓，走廊中沒有人，她迅速地開了門，走了進去。

那是一間套房，木蘭花以熟練迅速的手法開始搜查，不到幾分鐘，她已經在一隻皮箱中，找到了那五個木雕人頭。

木蘭花得意地笑了笑，她提起皮箱向門口走去。可是，她才來到門口便呆住了，門上發出「克勒」一聲，而且門把正在旋轉著，那是三歲孩子也可以知道的事：有人要開門進來！

木蘭花立即後退，進了臥室把門虛掩著，留著一條縫。

房門被打開了，首先進來的，是兩個全副武裝的警官，站在那兩個警官之後的卻是高翔。

木蘭花立即明白了！她明白彼得遜真的是國際警方的高級人員，而他在醒了過來之後，發覺自己失了鑰匙，便立即以電話向本市警方求助，所以，身為機要工作室主任的高翔便帶著警官趕到了！

木蘭花向後退到了窗口，毫不猶豫地便向窗外跨去。

天香酒店是現代建築物，木蘭花跨出了窗子，站在寬約七吋的窗簷上，向旁移動著，直到到了另一扇窗前，她才又翻了進去。

那間房間中，一個肥胖的女人正在沉睡，木蘭花提著箱子，蹈手躡足在床前經過，打開了房門。

但是，當她打開房門的時候，卻又不禁倒抽了一口氣，連忙縮了回來。

走廊之中，至少有六個警官如臨大敵在守衛著！在那樣的情形下，她是絕對沒有辦法可以提著一隻皮箱而混出去的。

水蘭花退到房中，她還要保佑那肥婦不要醒來，她想了兩分鐘，輕輕地拿起了電話，撥了她家中的號碼，她希望穆秀珍已回家了。

電話鈴響了幾下，便有人接起了聽筒。

但是，電話中傳來的，卻是彼得遜的聲音：「主人不在家，請你別打電話來了！」

木蘭花連忙放下話筒。心中暗叫了一聲「好險！」彼得遜已經在她的家中了。哼！他「私入民居」就沒有罪麼？

木蘭花十分焦急，她得到了那五個木人頭，但是卻沒有法子運帶出去！而且，她在這裡絕不是辦法，這間套房的主人是隨時會醒來的！

那麼，她要怎麼辦呢？等彼得遜趕回來展開搜索，發現了她，而將她拘捕麼？

木蘭花想了並沒有多久，連忙又撥了一個電話，電話是撥到電報局的，可是電報局卻回答說，穆秀珍已經在一刻鐘前得了回電離開了。

木蘭花的額上開始有汗滲出，她來回踱了幾步，探頭向窗外看了看。

酒店高六層，她在第五層，要爬下去不是沒有可能，但必然引起人家的注意，仍是不能安然脫身。

她想來想去，只有暫時將這五個木雕人頭留在此處一個辦法！

木蘭花正在無計可施間，電話鈴忽然響了起來。

電話鈴一響，臥室中的肥婦人便發出咿啞之聲來，木蘭花連忙踏出一步，拿起了電話。

因為鈴聲再響下去，臥室中的肥婦人勢必要被電話鈴聲吵醒了。

她拿起了電話，只聽得從電話中傳來一個十分有禮貌的聲音：「夫人，你該準備上飛機了，可要我們派人來替你先將行李送到機場去麼？」

那是酒店經理的聲音！

本來，在這時候響起來的電話聲，使得木蘭花已經十分困難的處境更加困難，可是世事往往是正反相成的，木蘭花如今真得感謝這個來得正好的電話！

「謝謝你的提醒，」木蘭花壓低了聲音：「我有一隻箱子，請你立即派侍者上來，將箱子帶到機場去。」

「是，夫人，遵照你的吩咐。」

木蘭花輕輕地放下了電話，她閃到臥室門口，看到床上那胖婦人翻了一個身，抱著一隻枕頭又睡著了。

木蘭花回到了門口，只聽得走廊中有人喝問：「做什麼？」

一個侍者答道：「這間房間的住客要起程了，我來拿行李。」

喝問的顯然是警探。「住客是什麼人？」

「是美國有名的富婆莎莎夫人。」

木蘭花幾乎想笑了出來，她笑自己的運氣好，莎莎夫人是有名的富婆，名列世界十大富有女人之一，警探當然是不會懷疑她的。

接著，便傳來了敲門聲，木蘭花將箱子放在一開門就可以看到的地方，她打開門，人閃到了門後沉聲道：「就是這隻箱子，你替我送到機場去等我，這是給你的貼士（小費），快去！」

木蘭花在門後遞出了一張大額的鈔票，侍者的眼睛都凸了出來，接過鈔票，點頭躬腰，走了出去。

木蘭花連忙將門關上，貼身在門上向外面聽去。只聽得兩個警探正在交談。一個說：「哼，你猜，這箱子是什麼？」

「怕不全是美鈔！」一個回答。

「我們要是有那麼一箱美鈔……」

「別胡說了。」

木蘭花不再聽下去，她來到窗口，向外看了一眼，酒店的下面，甚至街道的對面，也全是警探，但是木蘭花看到那侍者提著箱子出了大門，召來了的士，疾馳而去。

木蘭花舒了一口氣。難以解決的問題就此解決了，而且還解決得如此輕易。

接下來的事情，就簡單之極了，她只要堂而皇之地走出去，到機場去找那侍者，將箱子取回來就行了。

她打開了門，走了出去。

她才走了兩步，便發現警方動員的人力之多，遠在她的想像之中！一時之間，四面八方已全是便裝或武裝的警探了。而高翔也從鄰室趕了出來，推開眾人，來到木蘭花的面前。

「穆小姐！」高翔的聲音十分嚴肅，「你該知道我們為什麼在這裡等你了。」

「為什麼啊？」木蘭花笑嘻嘻地反問：「警方什麼時候權力大到可以在公共場所隨意將人的去路圍住，不讓人走路呢？」

「穆小姐，我們接到國際警方一位高級人員的緊急求助，有一分重要的情報，在這酒店被你竊走了。」

「嘿，」木蘭花冷靜地回答著：「看來我是解釋不清了，你們可以派女警來搜查我的身子，看我是不是身懷這分重要情報。」

高翔揮手，三個看來像是酒店清潔女工的女警，將木蘭花帶到了房間內。搜身足足進行了二十分鐘，高翔隔著門，不斷地詢問著結果。當然他是失望了。

過了二十分鐘，彼得遜也匆匆趕到。

他知道房間中正在進行搜身，不禁嘆了一口氣，道：「不必了，那分情報的體積十分大，絕不是可以放在身邊的東西，當然不在身上。」

不多久，木蘭花在三位女警的陪同之下走了出來，她面上帶著勝利的笑容，同彼得遜和高翔兩人行了一禮，道：「國際警方和本地警方的高級人員，我這無辜平民可以離開了麼？」

高翔的神色十分尷尬。彼得遜英俊的臉上，表情十分嚴肅。

「穆小姐，」彼得遜嚴肅地道：「我承認你是很聰明勇敢的女子，但是你認為和國際警方作對，是很光榮的事情麼？」

「對不起，」木蘭花的面色一沉，「我不知道和什麼人作對，我只知道取回我們買自古董市場的東西，難道私有財產受保護的法律，現在已經不存在了麼？」

彼得遜啞口無言，木蘭花揚長而去。

木蘭花當然知道，她的身後有著各種式樣的跟蹤者，她來到了酒店大廳，打了一個電話。

她撥的號碼，連她自己也不知道是什麼人的，她只等對方取起了話筒，電話鈴響了之後，便道：「秀珍麼？我是蘭花。」

她故意將聲音放得十分低，她知道對方的跟蹤者一定有著偷聽器。

她繼續地說道：「你到天光道去，等候一個穿黑衣服的男子！」

她講完那句話，便立即放下話筒，又戴上了那頂草帽，從酒店正門走了出去，司門瞪著眼睛瞧著她，不知她是怎樣進來的。

出了酒店之後，木蘭花慢吞吞地在街上閒逛著，一遇到有電話的店鋪，她便進去打電話，總是叫對方在什麼地方等她。

木蘭花一共打了十五個這樣的電話。

她留意著後面跟蹤她的人，開始的七八個電話，每一次之後，跟蹤的人中，總有一個匆匆地離去，那自然是偷聽到了她的話，趕到她順口說出的地點等候了。

可是到了後來，跟蹤者顯然也已經知道了木蘭花是在開他們的玩笑，她的電話已經不能再支開跟蹤者了，跟蹤她的人已不再重視她的電話了！

這正是木蘭花求之不得的事！

她打了第十六次電話。

這一次，是人聲最嘈雜的茶樓中，她打到了家中，電話鈴響起，便有人接聽。

「是秀珍麼？」木蘭花壓低了聲音。

「是啊，你的聲音這麼低，大些可好？」

「我不能大聲，秀珍，你聽著，你立即到機場去，有一個天香酒店的侍者，手中提著一隻箱子，你自稱是莎莎夫人派來的，在他手中將箱子接過來，立即回家，你明白了麼？」

「我明白了，但是，為什麼？」

「別廢話，快去。」

木蘭花放下了電話，回過頭去，她看到一個跟蹤者在皺眉，那當然是因為茶樓中太吵了，跟蹤者聽不到她的話。

但是跟蹤者也不在乎了，因為他們想：那又是另一次無聊的玩笑，我們聽到了不會上當；未曾聽到，當然也沒有什麼損失。

木蘭花在茶樓門口的報攤上拿了七八分報紙，走進茶樓，坐了下來，一面飲茶，一面看報紙，足足過了一個小時。

她估計穆秀珍已經取到箱子了，這才站了起來，走出茶樓。召的士回到家中。

當她到家門口的時候，她看到跟蹤的人也已經趕到了。

木蘭花笑了笑，推開花園的鐵門。穆秀珍已跳了出來。叫道：「蘭花姐，我——」

「噓——」木蘭花將手指放在唇間。

穆秀珍吐了舌頭。要講的話也縮了回去。

4 納粹計畫

兩個人一齊進了客廳，木蘭花才低聲問道：「得手了麼？」

「侍者一點也沒有疑心，我一到就取來了，順利得很。」

「那太好了，這五個木雕人頭終於被我取回來了。」木蘭花欣慰地說。

「什麼？」穆秀珍卻立即站定，面上現出了一分奇怪的神色來，「你說什麼？」

「你知道，秀珍，那隻箱子中所放的，就是我費盡心機奪回來的五個木雕人頭，如果我們滿足的話，那麼五個木雕人頭，是可以以十萬美金的價格立時脫手的。」

穆秀珍呆呆地站著，忽然，她的身子搖了幾下，坐倒在沙發上。

「秀珍，你可是高興過頭了？那箱子呢？」

「蘭花姐，那箱子……那箱子……」

「怎麼樣？」木蘭花覺出事情有一些不對了。

「蘭花姐，」穆秀珍哭喪著臉。「我一將箱子帶到家中，便打開來看了，箱子裡面……」

「什麼，木雕人頭已不見了麼？」

「根本沒有什麼木頭，只是一箱女裝睡衣，全是最好的質地……」

「秀珍！」木蘭花一躍而前，按住了坐在沙發上的穆秀珍，「你可是在天香酒店的一個侍者的手中將箱子取來的？」

「是啊，那侍者穿著制服，我還未曾提起莎莎夫人，她便將箱子交給我了。」

「那箱子呢？」

「我們的房間中。」

木蘭花像一支箭也似地竄上了樓梯，衝進房中，那隻箱子打開著放在床上，裡面全是女裝睡衣，顏色鮮豔奪目。

木蘭花不必再看，也知道這箱子中絕沒有木雕人頭在的！

她在床前站著，剎時之間，她殫智竭力地思索著，毛病是出在什麼地方呢？為什麼她親手將那五個木頭放進去的箱子，會變成了滿滿的一箱睡衣了呢？她記得自己幾乎沒離開過那箱子，為什麼呢？

穆秀珍十分惶恐的站在木蘭花的身後，小聲地問道：「蘭花姐，我做錯什麼事了麼？」

木蘭花心中急速地想著：「不，這不能怪秀珍，一定是什麼地方出了差錯，是自己在聽電話的時候？不可能，絕沒有這個可能，那麼……」

木蘭花陡地想起：穆秀珍說她在機場還未曾提起莎莎夫人，那侍者便將箱子給了她，天，可是箱子不同了麼？難道恰巧也有一個天香酒店的侍者在替住客帶行李到機場去麼？

木蘭花看了看箱子，箱子是旅行用的箱子，難以分辨得出來。

「秀珍，」木蘭花轉過身來，「那個侍者長什麼模樣？」

「是一個中年人，很瘦，撲克面孔，大約我忘記給他貼士了！」

「唉！」木蘭花重重地蹬著足，「弄錯了，我叫你去找的侍者，是一個三十歲左右的胖子。」

「胖子？你在電話中說明了麼？」

「別說了，是我不好，少說一句，你快打電話到機場去問莎莎夫人離開了沒有？莎莎夫人是名人，你自稱是新聞記者，機場方面一定會回答你的。」

穆秀珍慌失失地點頭，木蘭花迅速地換著衣服。

穆秀珍很快地打通了電話。

「沒有，莎莎夫人錯過了原定的班機，但幸而還有一班飛機，是在二十分鐘之後飛到檀香山去的，莎莎夫人正在貴賓候機室中大發牢騷。」

「快去，我們快去！」

木蘭花拉著穆秀珍，兩個人奔出大門，跳上車子，汽車由於發動得太急促，跳了幾下，才向前疾駛了出去。

而隱伏在他們住所附近的幾個人，也紛紛跳上了汽車，跟蹤而去。

木蘭花明知自己到機場去是一定會被人跟蹤的，但是她知道，自己擁有五個木雕人頭的箱子，一定混在莎莎夫人的行李中了，如果那班飛機一起飛，她就要到檀香山才能取回那五個木雕人頭了。

她以極快的速度飛馳著，七分鐘後，便已趕到了機場。

她將車子停在機場門口，那是犯規的，但是她也顧不得那麼多了。

她和穆秀珍兩人走了進去，莎莎夫人正在準備登機，在閘口向歡送的人揮著她的肥手。

她的行李不知道在什麼地方，可能正在過磅，可能已經進了飛機，在機場中，所有的衣箱都貼滿了標籤，看來幾乎都是同樣的。

木蘭花三步併著兩步到了戴著彩色羽毛大帽子的莎莎夫人面前，道：「夫人，我可以和你講幾句極其重要的話麼？」

「你是什麼人？」莎莎夫人傲慢地問。

「一個深通巫術的東方少女。」木蘭花平時廣博的知識這時派上了用處，她知道莎莎夫人是十分醉心巫術、神術的人，所以特地以這句話作開場白來吸引莎莎夫人的注意。

「哎，可惜你來得太遲，我要離開了。」她肥胖的身子向閘口移動。

「夫人，你不能走，你必需吩咐將所有的行李搬下來，我敢擔保，在你的行李箱中，有巫術的驚人發現：五個人頭！」

「啊！」莎莎夫人驚叫了一聲，竟弱不禁風也似地倒了下來，木蘭花連忙踏前一步，將她近三百磅的身子扶住。

「莎莎夫人不趕這班飛機了，」木蘭花向機場員下令：「她所有的行李也都留下來，一件也不准少，快去進行。」

她扶著莎莎夫人進了貴賓休息室，莎莎夫人其實早已醒了過來，但是她仍然讓木蘭花扶著。

直到在皮沙發上坐了下來，她才戲劇化地「啊」叫了一聲，道：「巫術的奇蹟，這太刺激了。」

「是的夫人……」木蘭花故神其詞：「有人妒嫉你的美麗，要咒你變成醜陋，所以在你的一隻衣箱中放入了五個木製人頭。」

「是麼？快將我的行李搬下來。」

「我已經這樣吩咐了。」

機場中的腳伕川流不息地進出，莎莎夫人的行李多得實在驚人，大大小小，一共有二十三隻箱子之多，一齊排在莎莎夫人和木蘭花的面前。

木蘭花一眼便看到了那隻箱子！

那隻箱子是她從彼得遜的房間中帶出來，又交給侍者帶到機場來的，如果不是穆秀珍弄錯了人，和湊巧又有一個天香酒店的侍者在替住客送行李的話，這隻箱子已在她的家中了。

木蘭花伸手向那隻衣箱一指，道：「這隻，我一看就看出來了。」

莎莎夫人作狀地笑了起來，道：「小姐，你弄錯了，這隻衣箱不是我的，我沒有這種舊貨。」

「噢，那的確是弄錯了，這隻箱子讓我交給機場人員吧。」木蘭花走到了那隻箱子面前，彎下腰去提那隻箱子。

可是，就在這時候，斜刺裡突然有一個人以十分快的速度衝了過來，比木蘭花快一步握到了那箱子的把手。

木蘭花陡地一呆，抬起頭來。

「彼得遜！」她尖聲低呼了一聲。

那個人正是彼得遜！

彼得遜已經提起了那隻箱子，他面上充滿了笑容。

「小姐，這隻箱子，莎莎夫人說不是她的，在公共場所發現的無主之物，理應歸警方處理，是不是？」

彼得遜一招手，一個穿著制服的警員走了過來，彼得遜將衣箱交到了那警員的手上。

那警員提著箱子向外走去，木蘭花睜大了眼睛，無法可施。在那樣的情形之下，警方的確是有權去處置這隻衣箱的！

木蘭花想跟著那警員出去，可是莎莎夫人卻將她拉住，尖聲問道：「巫術的人頭呢，在什麼地方？快指給我看，我相信這一定會成為紐約上流社會最好的談話資料了！」

「大人，」彼得遜微笑著，「我想這位小姐怕不能給你有關巫術的知識了。」

木蘭花突然撮唇，發出了兩聲尖嘯。

彼得遜兩道濃眉向上一揚，道：「穆小姐，你還不服氣麼？」

木蘭花撮唇尖嘯，是為了使在貴賓室外的穆秀珍聽到，知道那警員手中的衣箱，正是她們所要尋找的目的物，木蘭花心想，如果穆秀珍夠機警的話，那麼她仍可以奪回那隻衣箱來的，

但是，彼得遜若是出去，穆秀珍是一定難在他面前玩什麼花樣的。

在和彼得遜交手幾次之後，木蘭花已覺得彼得遜的機警絕不在自己之下了。

她向彼得遜微笑：「當然，我是不能不服氣的了，是不是？」

飛機引擎的怒吼聲傳了過來，莎莎夫人又尖聲叫道：「天，我又誤了一班飛機！」

「穆小姐。」彼得遜和木蘭花並肩向外走去，「國際警方是不會使你太吃虧的，我在向總部請示之後，會給你合理的代價。」

「曾經有人出到十萬美金的高價，國際警方可以給我多少代價？」

「我不能決定，」彼得遜微笑著。

兩人正好走到門口，忽然聽得外面起了一陣騷亂，有人高叫，有人奔走，

彼得遜的面色一變，待快步向外衝去。

在混亂聲中，木蘭花聽到了穆秀珍的一下尖叫聲，木蘭花發出了一個會心微笑，一轉身，攔住了彼得遜的去路：「你忙什麼啊，機場上若是有什麼事，自然應該歸本地警方處理。」

彼得遜向外看去，他看到了那個警員正揮舞著雙手，在向圍在他身邊的人高聲叫嚷，他的身邊並沒有那隻衣箱。

彼得遜推開了木蘭花，三步併作兩步搶到了那警員的面前。

那警員見到了彼得遜，哭喪了臉，不再出聲。

「怎麼一回事？」彼得遜嚴肅地問。

「一位美麗的小姐，」那警員哭喪著臉。「突然向我撞來，我……我……」

那警員沒有再說下去，事實上，他也不需要再說下去了，圍在一旁的人發出了轟然的笑聲，而彼得遜和木蘭花也已明白是怎麼一回事了。

簡言之：穆秀珍成功了！

木蘭花輕鬆地吹著口哨，彼得遜緊緊地攢住了雙眉，不知如何才好，前後不過相差三分鐘，兩人面上的神情已經完全不同了。

木蘭花向外望去，停在機場大廈門口，她的車子已不見了。

木蘭花在機場餐室中坐了一會，才慢慢離去，彼得遜早已走了，但是還有許多人在監視著木蘭花的行動，木蘭花也不將他們放在心上。

穆秀珍在機場的貴賓室外聽到木蘭花急驟的口哨聲，她立即向門口看去，恰好看到那個警員提著衣箱出來。

她一個箭步竄到了那個警員的面前，忽然呻吟了一聲，嬌軀向那個警員的懷中倒去，那個警員連忙伸手來扶她。

可是穆秀珍立即伸手奪走了那個警員手中的箱子，踢去了高跟鞋，向外面飛奔而去。

她的行動是如此之快疾，那警員大聲呼叫引起騷動之間，穆秀珍早已鑽進了車子，車子跳動了一下，便向前疾馳而出。

車子一直向前馳去，穆秀珍回頭，看到後面沒人追來，她的心中很高興，這一次她一定成功了，那箱子中一定是這五個木人頭！

她一手扶住了駕駛盤，另一隻手將那隻箱子打了開來，一面喃喃地道：

「老天，不要又是一箱子睡衣——」

「啪」地一聲，箱蓋彈了開來，她向內一看，果然是五個木人頭。

她得意地笑了起來，心想，這一次，木蘭花也一定不得不佩服她的機智了。

她一手扶著駕駛盤，眼又不看著前面，車子如同唱醉了酒的人一樣，東歪西斜，陡然之間向路旁的大石撞去。

穆秀珍在千鈞一髮之際扭轉了駕駛盤，車子發出了「咦」地一聲。轉了過來。由於車子的劇烈震動，五個木人頭一齊從箱子中震了出來，跌在她的腳下，而箱蓋也震得闔不上了。

穆秀珍吁了一口氣，拍了拍胸口，正當她準備再踏油門，駛動車子的時候，後面有一輛汽車突然越過了她的車子。

那輛車子一越過了她的車子之後，便在路上打橫停了下來，一個以手巾蒙面的人，身手矯捷一躍而下，喝道：「那衣箱！」

他講的是英語，但是聽來卻十分生硬。

「衣箱？」穆秀珍暗暗焦急，她想拖延時間，這裡是通衢大道，來往車輛十分多，對方難道不怕被人家發現麼？

穆秀珍想得到這一點，那大漢自然也想到了這點，他一手持著槍，一手已拉開了穆秀珍的車門，一伸手，將那隻衣箱提了過去。

「你們搶劫！」穆秀珍大叫著。

但那大漢已經得手了，他提著箱子，躍回了車子，車子立即絕塵而去。

「哈哈！」穆秀珍又笑了起來，因為那大漢搶走了一隻空箱子，箱子中的五個木人頭已經因為剛才差一點撞車而震跌出來了。

穆秀珍低頭數了一數，一二三四五，五個木人頭全在，她笑嘻嘻地又驅車前進，到了家門，用一塊布兜起了那五個木人頭，打開門，走了進去。

穆秀珍也不是沒有冒險生活經驗的人，她走在花園中，便已經覺得好像有人在窺視著她，穆秀珍心中暗叫了一聲「糟糕」。

在那片刻之間，她只想到一點：這五個木人頭，是絕不能再失去的了。

她轉過身，準備回到車子中去。

可是，她才轉過身，她的背後又已響起了那個生硬英語的聲音，道：「小姐，你手上的東西，這正是我們所要的。請你舉起手來，有槍指著你。」

穆秀珍幾乎要哭了出來！

本來，她已經準備接受木蘭花的稱讚的了，可是如今若是又失去了那五個木人頭的話，木蘭花會對她說些什麼呢？

「你們，你們是什麼人？」

「嘿嘿，小姐。那你就別多問了！」

穆秀珍在這樣的情形下，當然不敢動。一雙手從她背後伸過來，將她手中的五個木人頭搶了過去。

穆秀珍看到那隻手的手臂上有著刺青，刺青像是一個號碼，她陡地記起木蘭花曾說，那種手臂上刺著號碼的人，可能是希特勒的侍衛隊。

穆秀珍的心中一動，連忙以蹩腳德語叫道：「我們是自己人！」

那人的手停了一停，顯然受到了震動，穆秀珍的雙肘趁機用力向後撞去！穆秀珍那雙肘撞出的力道極大，她聽到背後那人怪叫了一聲。

穆秀珍一聽到身後的那一下怪叫聲，便知道已經得手，她後腳跟連忙揚了起來，反踢而出，又重重地蹲在那人的下頷。

那人又是一聲怪叫，身子已「砰」地跌倒在地，他搶去的五個木人頭也滾了一地，穆秀珍陡地轉過身來。

在一邊的灌木叢中，突然又傳出了「嗤嗤嗤」地三下響，穆秀珍連忙伏在地上，她依稀覺出有三枚黑色的長針在她身旁飛了過去。

穆秀珍想起那個獨腳人就是慘死在那種毒針之下的，她不禁出了一身冷汗，連忙又向旁滾開了幾步，隱入了草叢之中。

她在向外滾去之際，仍不肯放過那個在草地上掙扎著要爬起身來的人，她在那人的後腦上重重地擊了一拳，令得那人昏了過去，然後她才滾進草叢中，躲了起來。

那五個木人頭，散亂在草地上。

草地上有一個人，那人昏了過去。在草地的對面，灌木叢中，也有一個人，那是穆秀珍知道的事，那人會發射毒針。

穆秀珍則躲在草地另一邊的草叢之中。

穆秀珍在草叢中小心地找著，找到了幾塊拳頭大小的石頭，她用心注視著前面，只見灌木叢抖動了一下，有一個人探出頭來。

穆秀珍和他相隔約莫十來碼，她看到那人的面色黝黑，頭髮鬈曲，像是一個非洲人。

那人探頭出來之後不久，又縮了回去，但是過了沒多久。他卻向外疾衝了出來。

穆秀珍看到那人身上的一套衣服十分殘舊，看來像是軍服。

那非洲人才一衝出來，便向離他最近的一個木人頭奔了過去，穆秀珍早已揚起手來，就在那非洲人的手將要碰到那個木人頭之際，她陡地揚起手來，那塊石頭猛地拋了出去，拋中了那非洲人的手背。

那非洲人痛得猴子似地跳了起來，穆秀珍第二、第三塊石頭已接著拋出，塊擊中了那非洲人的腳踝，另一塊則擊在對方的胸前。

那非洲人痛得在地上打滾，穆秀珍撲了出去，一腳踢在他的頭上，那非洲人悶哼了一聲，便昏了過去，穆秀珍忙解下他們兩人的皮帶，將這兩人的手綁了起來，然後，她將那五個木人頭一齊拾了起來，抹了抹汗，向客廳中走去。

當她才一走進客廳的時候，突然一扇窗子被推了開來，「嗤」「嗤」兩聲，射出了兩枚毒針。

那兩支毒針直向被穆秀珍擊昏、綁在地上的兩人的咽喉射去，不偏不倚射在他們的咽喉之上，那兩人的身子陡地一曲，便不動了。

穆秀珍大吃了一驚，她這才知道，自己的住所中，不但花園中有人，客廳中也早已有了埋伏。

她連忙想退回去時，一個冷冷的聲音已道：「小姐，不要動。」

穆秀珍抬起頭來，在靠窗的沙發上坐著一個人，手中持著一支黑色的，長可呎半，粗如手指的吹筒，正放在口邊。

那人正是石川虎山！

「小姐，我可以在兩秒鐘之內吹出毒針，射中你的任何地方，這是我們四個人都可以做到的絕技，可是哈哈，如今只有我一個人做得到這一點了，毒針上的毒藥，被阿比西尼亞土人稱為『死神的涎沫』，七秒鐘內可以奪去一條寶貴的生命，小姐，你還是聽我的話好！」

穆秀珍只覺自己瞬間掉入絕望的深淵之中。

可是剎時之間，她便想起了木蘭花時時告誡她的話來：不論情勢對你如何不利，你都不要灰心失望，以為自己一定是失敗了，你必需拖延時間，隨著時間的轉移，不利便可以有希望變成有利！

穆秀珍迅速地將自己的處境想了一想，她覺得事情對自己還不算十分不利，那兩個死人在花園中，木蘭花若是回來的話，一定可以看到的，她也可以明白自己的家中出了事，那就有希望了！

問題就在於她能不能將石川虎山留到木蘭花回來的時候。

穆秀珍不如木蘭花，木蘭花可以真正做到泰山崩於前而面不變色的程度，但穆秀珍卻不能，她竭力鎮定心神，面上表情還是十分尷尬，她沉聲道：「你可是來和我們進行交易的麼？」

「可以說是，但是我將不付出一分錢。」石川虎山悠閒地說。

「你這無賴，流氓，浪人！」穆秀珍立即破口大罵。

「隨你說什麼，小姐，請你將五個木人頭用桌布包起來。」

「不！」穆秀珍大聲道。

石川虎山立即將吹筒移到了口邊，「嗤」地一聲，一枚毒針已激射而出。

毒針的來勢甚至比槍彈還快，穆秀珍根本來不及躲避，她一震之下，連忙閉上了眼睛，在心中從一數到七，再睜開眼來，失神地問道：「我死了麼？」

「當然沒有，因為我這枚毒針只是警告，它射中了你的頭髮，停留在你的髮髻中。」

穆秀珍伸手向頭上摸了摸，手才一碰到毒針，便又放了下來。

「快照我的話去做，第二枚毒針的目標，就不會是你的頭髮了。」

穆秀珍不敢再違抗，可是她心中卻不服氣到了極點，一手拉起了桌布，將那五個木人頭一個一個地放了進去，放一個便罵一句，在將桌布包起來的時候，又罵了三兩句。

她見到石川虎山只是十分悠閒地坐著，心中更不服氣，「哼」地一聲，道：「你有種，等到我蘭花姐回來，就要你好看。」

石川虎山站了起來，他面上帶著得意的笑容，道：「我不怕坦白對你說，我不敢和木蘭花作對，所以我要趁她還未來到之前就離去。」

穆秀珍瞪大了眼睛，她這時心中不禁暗罵自己糊塗，怎麼將對自己有利的事講出來了。

「你轉過身，向前走，站在牆前。」石川虎山下著命令。

穆秀珍嘟起了嘴，向前走著，到了牆前，面壁而立。

石川虎山迅速地抓起那包桌布，向外面竄了出去，他的動作十分快疾，一轉眼間便竄出了花園，到了大門之外。

穆秀珍等了兩三分鐘，聽不到身後有什麼聲息後才轉過身來，石川虎山早已不見了，她心知要去追趕也是追趕不上的了。

她的心中懊喪之極，頹然在沙發上坐了下來。

本來，她以為自己在機場上夠機靈，又夠本領，一定可以得到木蘭花的嘉獎，可是到頭來，卻在家中被石川虎山把那五個木人頭又搶了回去。

穆秀珍雙手搔著頭，唉聲嘆氣。

過了五分鐘，木蘭花吹著口哨，步伐輕鬆走了進來，走到穆秀珍的面前，豎大拇指道：「秀珍，你真了不起！」

穆秀珍幾乎哭了出來，叫道：「蘭花姐！」

「這回連我也要甘拜下風了！」木蘭花仍然稱讚著她。

「蘭花姐，」穆秀珍苦笑著，「那五個木人頭已經……已經……」

「是啊，已經在機場中被你取回來了，可不是麼？」

「是啊，」穆秀珍點著頭，「可是……可是……卻又被石川虎山搶走了。」

「什麼？」木蘭花現出不信的神色來，「有這樣的事，你是在騙我？」

「他們三個人在路上攔劫不成，又埋伏在家中，我打倒了兩個，卻不防石川虎山早已在客廳中了。」

「你打倒的兩個人呢？」

「咦？他們已死在花園中了，你看不到麼？」

「秀珍，你在夢囈嗎？」

穆秀珍連忙抬頭向花園中看去，也不禁呆了，花園中那兩個死人已不翼而飛，不知道去了什麼地方。

穆秀珍大力地抓著自己的頭髮，瞪大了眼，不知說些什麼才好。

木蘭花笑嘻嘻地道：「秀珍，你想騙我，是不是？」

「我……我……」穆秀珍一個字也講不出來。

「我知道，那五個木人頭一定在我們的房間中了！」

木蘭花向樓梯奔了上去，穆秀珍連忙跟在後面，兩人到了臥室門口，木蘭花回過頭來，向穆秀珍做了一個鬼臉，推開了門。

穆秀珍向內看去，不禁猛地一呆，在她的床上，雪白的床單上，清清楚楚擺著五個木雕人頭，全是那種愁眉苦臉的樣子。

穆秀珍眼睛瞪得比桃還大，但木蘭花卻已暗暗大笑了起來。

穆秀珍也已明白了，她一聲歡呼，叫道：「蘭花姐，原來你終於及時趕到了！」

「是的，我及時趕到了，我一到大門口，便看到花園中的兩個死人。」木蘭花興致勃勃地道：「我知道有了變故，我剛一側身，石川虎山已從大門中衝了出來，他的後腦立時中了我的一掌，人軟了下來，我將他拖出了二十來碼，又回來將那兩個死人拖出去，壓在他的身上，這時候他怕已醒過來了。」

「你看，蘭花姐。」穆秀珍向窗外一指，「石川虎山！」

果然是石川虎山，他已自路邊草叢中躍起，狼狽地在路上奔逃。

「蘭花姐，」穆秀珍繃緊了臉，在床上坐了下來，道：「你這樣開我玩笑，太不應該了。」

「秀珍，你生氣了麼？」木蘭花彎下身來，指著穆秀珍的鼻尖。「要不是那天晚上你打瞌睡，我們將彼得遜捉住，也不必多費曲折了。」

穆秀珍紅著臉道：「今天在機場上，不是我取回來的麼？」

「是啊，我不是一進門便稱讚你了麼？」

穆秀珍「噗嗤」一聲，笑了出來。

「我們快來看看，這五個木頭人之中究竟有什麼秘密，為什麼不但納粹的近衛隊員要得到它，連國際警方都要得到它！」

她們兩人，一人拿起一個木人頭仔細地研究著，穆秀珍翻來覆去地看著，可是一點名堂也看不出來。

但是不到三分鐘，木蘭花便旋下了木雕人頭的一隻耳朵，用髮夾在一個小洞之中挑出了一個捲得十分小的紙捲來。

穆秀珍連忙也去旋轉手中那個木人頭的耳朵，果然有一隻可以旋得動，從旋開的那個小洞中，也取出了一個小紙捲來。

五個紙捲全被取了出來，木蘭花站起身來，向書房中走去，吩咐道：「你將這五個木人頭仍然放在鋼琴裡面，立即上來，我們一起來研究，看那五個紙捲上寫些什麼東西。」

當穆秀珍放好了木人頭，又回到樓上書房中的時候，木蘭花已經將那五個紙捲攤平，拼成了一張一呎見方的紙，只不過缺了一角。

當然，本來這張大紙是應該用六張小紙拼成的，但還有一個木人頭卻已落入了石川虎山的手中，所以缺了一角。

兩人一齊用心看去，只見在紙上有許多曲折的曲線，看來像是地圖，而在右上角缺了一角的地方，有三組數字，可以辨認得出的是十四、八六、二八等字，而在那三組數字之後，顯然還有別的字，因為那個「四」和那個「八」字，只有一半，其餘的數字在石川虎山手中。

在圖中心有一個紅色的交叉，不知是什麼意思，而圖上還有些污跡，那顯是畫得太匆忙，墨水染成的。

她們兩人看了一會，木蘭花才道：「秀珍，這是什麼地方的地圖，你看得出來麼？」

「看來像是海岸線，至於是什麼地方……」穆秀珍笑了笑道：「我猜不出，你猜得出麼？」

穆秀珍以為一定可以難倒木蘭花的了。

「我想我在學校中學的地理，還不至於還給了老師，這圖上雖然沒有註明任何地名，而且畫得也十分粗糙失真，但是那個長條我可以斷定，是馬來半島！」

木蘭花一說了出來，穆秀珍也覺得很像，頻頻點頭不已。

「你看這個紅色的交叉符號，照比例看來，這個符號的所在點，是在新加坡以東，一百二十餘哩的海域，這個符號是什麼意思呢？」木蘭花的最後一句話，是她自己問自己的。

而她講完了這句話之後，人也站了起來，在書房中來回踱起步來。穆秀珍知道木蘭花在思索著整件事中的疑點，她不敢出聲去打擾她。

事實上，這時木蘭花的腦中的確也充滿了疑點，她不知道那些數字是什麼意思，更不知道那個符號是代表著什麼。

她想了好一會，才陡地抬起頭來，叫道：「秀珍！」

「在！」穆秀珍還當木蘭花是有什麼事派給她做，興奮得立時從沙發上跳了起來。

「你坐下。」木蘭花揮了揮手。「我倒忘了，你不是去打了電報麼？等到了回電沒有？」

「當然等到了，你一直沒有問我，所以我也一直未曾取出來。」

「快拿來。」

穆秀珍將一封回電取了出來，交給了木蘭花，木蘭花展開來迅速地看著，當她看完了那封電報之後，她緊蹙著的秀眉舒展了開來。

在柏林美軍軍部工作的那個朋友給她的回電十分詳細，當然，一個檔案室的工作人員洩露他所保管的秘密檔案的內容是有罪的，但是木蘭花對那個朋友有過救命之恩，當她著穆秀珍去發電相詢的時候，她就知道一定會有十分圓滿的結果的。

果然不出她所料，電文十分詳盡！

「你所詢問的『七一〇計畫』，是納粹在二次世界大戰末期，有關海軍秘密武器製造計畫的一項，納粹的空軍武器代號，以『八』字開首，例如著名的Ｐ２型火箭，秘密代號便是八一七計畫；而陸軍秘密武器，則以『九』字作為開始，例如重型的ＴＯＧ型坦克，在製造的時候便被稱為『九二二計畫』。海軍使用的秘密武器中著名的有『七一一計畫』，那是一種超巨型的大潛艇，還未曾造成，德國便已戰敗了。至於『七一〇計畫』是什麼，這卻是一個謎。直到如今為止，盟軍總部對『七一〇計畫』所知甚少。在海軍的檔案室中，『七一〇計畫』雖被提及，但是卻沒有內容，而在希特勒所下的手令中，卻有對所有『七一〇計畫』的參加者授勳嘉獎的記錄，授勳是派他親信的四個近衛隊員代表進行的。」

木蘭花看到這裡。抬起頭來。

「秀珍，你看！事情有些眉目了，那四個人果然是納粹的近衛隊員，我想他們一定就是對『七一〇計畫』授動的那四人。」

「不錯，」穆秀珍扳著手指，「四個人，一個是那個獨腳人，另一個是石川虎山，還有兩個。便是死在石川虎山毒針下的人。」

木蘭花點了點頭，又繼續去看那封電報。

5 捉迷藏

「看來，『七一〇計畫』是已經成功了的，但『七一〇計畫』的內容，卻始終不為人所知，盟軍總部的情報人員推測，那可能是十分厲害的一種武器，更可能是與深海有關的。抱歉得很，我所能給你的資料，就是這些了。」

「已經很夠了！」木蘭花將那封電報燒成了灰燼，又來回踱了幾步，才問：「秀珍，你對於潛水打魚的興趣怎麼樣？」

「潛水打魚？」穆秀珍拍了拍胸口。「你不是不知道我是本市潛水會今年的打魚冠軍。」

「我們去潛水去，你可有興趣麼？」

「去潛水？哪裡？」

「這裡！」木蘭花伸手指在桌上——正確的說。是指在那張紙上那個交叉形的符號上。

「這裡是什麼所在？」

「你聽我說，我所說的，只是我的推測，不一定是對的。」

「你的推測，往往和事實相去不遠。」穆秀珍由衷地說。

「別那麼說，」木蘭花笑了笑。「第一，我想在這個符號所示的海底，一定有一個德國人的秘密武器庫，甚至是一個秘密武器製造廠！」

穆秀珍問道：「蘭花姐，你說這裡是馬來半島，德國人——」

「秀珍，」木蘭花不等穆秀珍講完便道：「你別忘了，在二次世界大戰期間，馬來半島淪陷在日軍的手中，而德國、日本是軸心國，我相信德國製造的這種秘密武器，一定是準備交給日軍使用，來對付盟軍的龐大艦隊的。」

「啊呀，那麼盟軍不是要糟糕麼？」

「你放心好了，盟軍在太平洋逐島戰付出了重大的代價，但是也未曾聽說有什麼秘密武器毀滅過盟軍的艦隊，所以我想——毛病一定出在那四個代表希特勒前去授動的那四個近衛隊員的人身上。」

「什麼毛病呢？」

「你別心急好不好！」木蘭花瞪了穆秀珍一眼：「在第二次大戰的末期。誰都看得出，希特勒是逃不了失敗的命運的了，我們假定，這四個近衛隊員也看明白了這一點，於是他們並不是去執行命令，反而將有關七一〇計畫的人全都殺害了，而將那個秘密武器庫據為己有了！」

「他們為什麼要這樣呢？」

「那還難以斷定，或者是他們想向盟軍起義，或者是他們目光獨到，看到這種秘密武器可以為他們圖大利，總之，他們四個人保有了這個秘密，又將那秘密武器庫所在的地點草草地畫了下來，以及記下了一些有關的數字，拆成了六分，藏在六個木人頭當中，你會意到了沒有？這幾個木人頭，正是印尼、馬來一帶的土著的手工藝呢。」

穆秀珍信服地點了點頭。

「後來，可能又發生了一些什麼事，這四個人分開了，那獨腳人大概是保管木人頭的人，但是他本人一定在馬來的熱帶森林中吃盡了苦頭，他失去的那條腿，可能是給鱷魚咬去的。那六個木人頭當然也已到了本市，流落在古董店中，這時，那四人大概也已偵知了這一點，可是他們的境況一定十分不好，連二百元都拿不出來，或是他們剛知道，所以才取不到這六個木人頭，卻被你無意中去逛古董街而將之買了來。」

穆秀珍長長地吁了一口氣，道：「不錯，所以，以後一連串的怪事便接之而來了。」

「我更估計到，這張紙上的那三組數字，可能和進入這座秘密武器庫有關，我們雖然還未曾掌握全部數字，卻可以先到實地去勘察一下情形再作決定。」

「蘭花姐，我們還有一個大難題未曾解決哩。」穆秀珍忽然皺起了雙眉。

「什麼難題？啊，對了，我們根本沒有這筆旅費，更沒有到了目的地之後所要花用的錢，唔……這個……秀珍，你打電話到警方秘密工作室，說是我要找國際警方的彼得遜先生，請他們代為聯絡。」

穆秀珍點了點頭，照著木蘭花的吩咐，打了一個電話。

她們兩人在客廳中等著，不到半小時，門鈴響了起來。

穆秀珍來到了鐵門旁，站在鐵門外的，正是高大而英俊的彼得遜。

「哼，」穆秀珍一見到他，便想起她的額上曾被彼得遜敲擊過一次而致昏了過去一事，所以沒好氣地冷笑了一聲：「你來了？」

「對不起得很，穆小姐，我是指上次的事。」彼得遜十分有禮。

「誰不知道你是指上次的事？」穆秀珍搶白著，老大不情願地將門打了開來。

「秀珍，」木蘭花叫道：「人家是客人，你可別得罪他！」

穆秀珍扁了扁嘴，轉身就走，道：「你自己進來吧，你又不是沒有進來過。」

彼得遜的面上始終帶著溫和的微笑，從他如今的樣子看來，他十足是一個年輕的紳士，怎麼也看不出他是負著如此冒險，如此神秘任務的人。

「請進來。」木蘭花也彬彬有禮地招呼著他。

當三個人都坐下來的時候，彼得遜四面看了一眼。

「哼，」穆秀珍道：「那五個木人頭仍放在鋼琴裡面。」

「木蘭花小姐，」彼得遜只是笑了笑，並不去和穆秀珍吵嘴，他直視著木蘭花，「你要見我，是為了什麼事情？」

「我記得你說過一句話，你說國際警方可以付給我合理的代價？」

「噢，是的，那太好了。」

「你且別高興，我問你，你這次來東方，可以自由調用的經費大約是多少？」

「這個——」彼得遜遲疑了一下。「這是一個很大的數目，以十萬為單位。」

「嗯，那好，」木蘭花想了想說：「我要你先給我一萬美元，別問是為什麼，我保證，你不會沒有代價而付這一萬美元的。」

「我相信這一點，可是，木蘭花小姐，你使我的工作增加了困難了。」

「哼，」穆秀珍第二次冷笑。「你別不識趣了，你倒不如求求蘭花姐，請她代你完成你的工作還好得多哩！」

彼得遜陡地站了起來。

「兩位小姐，你們的要求，我可以答應。但是我的工作就是我的工作。因為這是一項極其緊要的工作，與——」

彼得遜的話還沒有講完，穆秀珍已經道：「與納粹海軍的七一〇計畫有關，是不是？哼，有什麼了不起，我們早就知道了！」

穆秀珍對彼得遜始終一點好感也沒有，所以毫不保留地搶白他，木蘭花想要阻止，穆秀珍已講出來了。

彼得遜的面色變了一變，他炯炯的目光望著兩人，道：「我不知你們兩位究竟知道了多少，但是我可以告訴你們，事情絕不如你們所想像的那樣簡單，你們知道得越多，越想要參與這件事，你們的處境也就越是危險。你們在取得了一萬美金之後，還是退出吧。」

穆秀珍還想講話，可是卻被木蘭花攔住了。

「彼得遜先生，」木蘭花想了片刻之後，才鄭重地道：「我相信你的忠告，但是冒險是我的最大愛好，我們還是那句話，你給我一萬美元，我保證給你令你滿意的代價，你答應嗎？」

「好，我答應。」彼得遜立即簽著支票，「木蘭花小姐，你是我遇到過最自信、倔強、勇敢、聰明的女性。」

「毀譽參半。」木蘭花笑了笑，「自信、倔強不好，勇敢聰明卻是好的，你等於沒有稱讚我。」

彼得遜放下了支票，轉身便走了出去。

木蘭花目送著彼得遜離開，才道：「我相信他也猜到我們要遠行了，他會跟蹤我們，但是不要緊，到了新加坡，我們再和他捉迷藏，秀珍，去訂機票，我們也該準備要行動了！」

「是！」穆秀珍愉快地答應。

第二天中午，木蘭花和穆秀珍兩人，便已經上了飛機。

木蘭花並沒有特別用心機去注意是不是有人在跟蹤她們，因為她知道，最新的尼龍纖維化裝術，可以使得一個人完全變成另一個人，就算注意，也是沒有用處的。

但是她卻知道，彼得遜一定是在同一架飛機上。因為彼得遜到如今為止，連一個木人頭都未曾得到，但是彼得遜卻知道有關木人頭的一切，他當然是不肯放過這個跟蹤的機會的。

木蘭花對彼得遜的身分既無懷疑，她當然也不會在意彼得遜的跟蹤。她所忌憚的是石川虎山。木蘭花已經知道石川虎山是一個十分狠毒的人，雖然石川虎山忌憚木蘭花的功夫了得，不敢和她正面交鋒，但會不會暗中傷人呢？

木蘭花在旅程上，只是沉思著，穆秀珍不斷地向她問著問題，她都只是「唔唔」作聲，答非所問，穆秀珍便賭氣不再出聲了。

幾個小時之後，飛機已到達了目的地。

木蘭花在動程之前，早已打電報給當地的朋友來接她們，那朋友是一個珠寶商人，在一次十分驚險的案件中，曾受過木蘭花的大好處，要不然，這個珠寶商人早已破產，而不是第一流的富商了。

木蘭花曾在電報中請他準備好必要的用品，她們兩人一下飛機，便看到一個胖胖的中年人向她們招手，木蘭花和穆秀珍兩人在經過了海關的檢查之後，那胖胖的中年人便迎了上來。

「計先生，你派一個人來就是了，何必親自來。」木蘭花和他握著手。

那胖胖的中年人就是那個珠寶商，他是當地的巨富，自然也特別惹人注目，有幾個新聞記者還特地上來拍照。

「計先生，請你向記者先生說，我們是你的世姪女。」

「這怎麼好意思？」計鎮江對木蘭花十分尊敬，所以他立即反對。

「不要緊的，我們這次來，行動越是秘密越好，我要你準備的東西你都準備好了麼？」

「準備好了。」計鎮江向遠處指了一指。

木蘭花看到一輛奶黃色的小跑車停著。

計鎮江又將一柄鑰匙遞給了木蘭花，道：「這是車鑰匙，穆小姐，你什麼時候和我們……」

「噓！別多口！」木蘭花連忙警告。

計鎮江所未曾說出來的兩個字是「會合」，那是木蘭花的計畫。

木蘭花計畫一下機便擺脫跟蹤，所以她要計鎮江準備一輛跑車，下了飛機，她獨自駕跑車離去，讓穆秀珍和計鎮江一起走。

計鎮江是受到當地警方特別保護的要人，去跟蹤計鎮江會惹來麻煩，而且跟蹤的人，也不會放棄木蘭花而反而去跟蹤穆秀珍的。

但事實上，穆秀珍要去的才是目的地，木蘭花駕了跑車，目的只不過要擺脫跟蹤的人而已。

五分鐘後，木蘭花已肯定有人在跟著她。

跟蹤她的人，膚色棕黑，身材高大，看來像是一個印度人，木蘭花可以肯定那是彼得遜的化裝。

她本來倒希望石川虎山也會跟來的，如今只有彼得遜一人，她反而有些失望。

跟蹤她的人，駕的是一輛看來十分老舊的汽車，而木蘭花的那輛，卻是最新型的積加跑車！

她在市區中保持著中等速度，可是一出了市區，她故意先讓跟蹤的那輛車子接近自己，然後加大油門，她那輛跑車如同一支箭也似地向前射了出去。

在她轉了兩個彎之後，後面那輛車子已不知落到什麼地方去了。

木蘭花在一個十分僻靜的海灣旁停下了車子，她迅速地換了衣服，戴上一頂假髮，同時將她原來穿著的外套放在車上，看來她像是下車去散步。

然後，她步行了數十碼，到了一個巴士站前等候著，不一會，巴士到了。她上了巴士，回市區去。

她在巴士中向窗外看著，過了幾分鐘，她看到那輛汽車和車中那看來像印度人的青年人向前急駛而去。

木蘭花笑了笑，向那輛車子招了招手。

她已成功地擺脫了跟蹤者，回到了市區，又換了兩次巴士，才到預定的地方，那是她指定計鎮江準備的別墅。

她在屋前站了一會，肯定沒有人在跟蹤自己，這才按鈴。

穆秀珍打開了門，埋怨道：「怎麼那麼久？」

「彼得遜在跟蹤我們，你當擺脫他是容易的事情麼？」木蘭花瞪了穆秀珍一眼。

雖然事實上木蘭花擺脫彼得遜的跟蹤做來輕而易舉，但是她卻是一個十分謹慎，從來也不看輕任何小事情的人。

「蘭花姐，我們什麼時候行動？」

「那要看計鎮江的準備怎樣。」

「你來看，」穆秀珍帶著木蘭花走進了一間房間，房間中堆滿了化裝用的東西。

「很好，你為什麼不先化裝起來？以免浪費時間，」木蘭花責問著。

「蘭花姐，你別老派我的不是，計先生才走，他告訴我，我們要的遊艇，他已準備好了，是五百匹強力馬力，四引擎的，他告訴我，安裝引擎的技師說，這樣的一艘遊艇，可以橫渡太平洋！」

木蘭花秀眉微蹙，似乎並不覺得高興，道：「潛水用具呢？」

「什麼都有了，潛水衣，水肺，水底單人摩托車，水槍，水底攝影機，艇上沒有船員，領有夜航證，只等我們下船了。」

「好。」木蘭花擦了擦雙手，「我們化裝，這就出發！」

「好！」穆秀珍高興得跳了起來，「我化裝成什麼樣的人呢？」

「你？」木蘭花在桌上拿起了一紮濃密的鬍鬚，向她一揚，「你戴上這個。」

「這個……」穆秀珍面有難色道：「戴上它……怕不好看吧?!」

「秀珍，你是來這裡參加選美的麼？你不戴，我就一個人去。」

穆秀珍無可奈何地說：「我戴，我戴！」

她拿過了那蓬鬍鬚，裝在下頷上，一拱手，大聲道：「俺，三將軍張飛來也，篤，鏘！」

「嘻嘻！」木蘭花不禁給她逗得笑了起來。

兩人不再多講話，專心化裝，四十分鐘之後，兩人完全改了樣。

穆秀珍穿起長衫，成了一個看來是富家翁的長髯老者，而木蘭花則成了一個中年婦女。兩人互相審視著，又改正了幾個缺點，這才走出門去。

在出門之前，她們已經肯定了屋外沒有人監視，那也就是說，彼得遜還不知道她們到了目的地之後究竟住在何處。

木蘭花攙著穆秀珍，橫過了一條馬路，本來走路一步三跳的穆秀珍，這時看來，十足是一個老年人。

兩人步行了幾條街，便招來的士，直駛向那艘遊艇所在的碼頭。她們輕而易舉地找到了那艘大遊艇。因為計鎮江曾向穆秀珍詳細地形容過遊艇的顏色和形狀，兩人上了遊艇，穆秀珍先進艙去。

三分鐘後，她走了出來，卻已變成了一個年輕的水手，曳起了跳板，而木蘭花則已弄明白了幾乎是全自動的操縱系統。

她略為檢查了一下，便發動引擎，遊艇十分穩定地向外駛去。

這時，正是傍晚時分，夕陽西下，在海面上映出萬千條金蛇來，半天紅霞，使得雪白的海鷗看來更是無比地潔白。

遊艇駛出了港口，速度便漸漸地加快，直到遊艇的四周圍除了海水之外，再也看不到任何東西時，穆秀珍在甲板上大叫大跳了一陣，剛才扮老頭子，實在和她的個性太不合了，所以這時四周沒有人，她便要叫嚷幾聲，來發洩一下。

木蘭花在駕駛室中也聽到了穆秀珍的大叫聲，她自然知道穆秀珍是在做什麼，所以只是微笑了一下，全神貫注地看著海面。

而在航海圖的旁邊，她已取出了那張不完整的地圖放著。

那張圖實在太簡陋了，木蘭花只是大約估計那是在新加坡以東六十哩的海域，準確的地點，她也不得而知，只好等到了那裡之後，再到海底去搜索。

木蘭花校正好船舵的方向，將駕駛的事交給高度的自動化系統，她到了另一個艙中，檢查水底使用的許多器械，直到認為已可以使用，這才滿意。

船的時速是二十哩，約莫兩小時半，船可以到達目的地，還有一小時可以休息，她躺在甲板上的躺椅上，神態十分安閒。

看她的樣子，完全是像在度假，一點也看不出她正要從事驚人的冒險。

天色很黑了，船行十分迅速，發出輕微的水聲，木蘭花休息了大半個小時，又回到了駕駛室。

又過了十分鐘，船已在理想的地點停了下來。

木蘭花將船上的所有燈火盡皆熄去，海面上靜得出奇。

木蘭花和穆秀珍兩人用長程望遠鏡四面掃視著，海面上沒有任何可疑的東西。

「好，我們潛水，你要記得，不可離開我。」木蘭花吩咐著。

「我知道。」

她們兩人換上了潛水衣，背上了水肺，又將潛水摩托船抬了出來，縋到水中。

那種摩托船其實是一塊長長的木板，人伏在上面，能夠在水中行駛，速度比人的潛水要快上十二倍。

她們兩人在左舷躍下水去，一到了水中，便打亮了潛水船的深水燈，強烈的燈光向前射去，吃驚的魚群向四面游了開去，不敢接近。

木蘭花在前面，穆秀珍在後面，她們在海中不斷地兜著圈子，只是圓圈的直徑不斷地擴大，這樣，她們便可以毫無遺漏地搜索海底的一切了。

她們潛水的深度，是從五十呎到一百五十呎，採取波浪式的起伏。強烈的燈光可以使她們看清楚五十呎以外的東西。

然而，當她們背上的氧氣筒上的指示針表示氧氣已快用完的時候，兩人除了珊瑚礁、成群的昆布，和各種各樣的魚類之外，什麼也沒有發現。

她們浮上了海面，發現她們離開遊艇，至少有兩百碼左右。那也就是說，她們以遊艇為中心在海下巡行，已經搜尋了縱橫四百碼左右的海域。

她們回到了艇上，換上了新的水肺，繼續下去潛水。

潛水是十分消耗體力的行動，她們兩人雖然都受過柔道和中國的武術訓練，有著驚人的耐力和過人的體力，但是，當搜索工作進行到了午夜時，她們卻也是疲倦不堪了。

她們爬上甲板，穆秀珍倒在甲板上喘氣，道：「蘭花姐，你說的那秘密武器庫究竟在什麼地方？」

木蘭花倚著船艙而立，並不回答穆秀珍的問題，只是放下了沉重的水肺。

她扶著艙，向駕駛室走去。

她準備到駕駛室去，將船駛出一千碼去，再進行搜索。

木蘭花走到了駕駛室門口，脫去橡皮帽，抖散了頭髮，抬起頭來，也就在這時，她陡地吃了一驚！

她是個觀察力極其敏銳的人，即使駕駛室中少了一件無關緊要的東西，她也可以在一瞥之間便發現出來，何況此際駕駛室中所少去的，絕不是一件無關緊要的東西！

那張放在航海地圖旁，缺去一角的地圖，已經不在了！

木蘭花清清楚楚地記得，那張地圖是放在航海圖旁邊，而且還是用夾子夾住的，如今不見了，自然是被人取走了。

木蘭花不禁苦笑，她自問行動已經夠小心的了，結果卻還是有人跟了上來，她這時反倒希望盜去那張圖的人還在艇上！

她只呆了極短的時間，立即若無其事地叫道：「秀珍！」

「什麼事啊？」穆秀珍還不知道發生了意外，懶洋洋地應著：「我們明天再行動吧，今天我實在太倦了。」

「好的，我們確實也該休息了！」她一面說，一面重重地向外踏出了兩步，然後，立即身子一閃，在一扇門後面躲了起來。

她躲的地方十分好，可以穿過門縫看到駕駛室中大半的情形，她躲了起來之後，只聽得穆秀珍咕噥著，走進了船艙中。

木蘭花耐著性子等著，努力克服著疲倦感，別的她不能肯定，當遊艇離港時，沒有別的船隻跟蹤，那卻是她能肯定的，所以，盜去海圖的人極可能是預先已躲在遊艇上，那麼這時自然也沒有離去了。

木蘭花等了十來分鐘，聽得駕駛室中，發出了「啪」地一聲響。

月光照進駕駛室中，可以將室中的情形看得十分清楚。在「啪」地一聲響之後，只見一張椅子漸漸地向外移了開去，露出了一個兩呎見方的洞口來，有兩個人探頭向外望來。

木蘭花一見這等情形，心中不禁大怒！在剎那之間，她以為一定是計鎮江在恩將仇報，因為這艘遊艇是計鎮江替她們準備的，她們來到這裡，一切都由計鎮江安排，但計鎮江卻這樣卑鄙。

木蘭花是很少這樣憤怒的，但是她憤怒的情緒立即散去，又恢復了冷靜。因為她又想到，計鎮江若是出詭計的話，他的目的是什麼呢？

計鎮江根本不知道自己要他準備遊艇和潛水用具是為了什麼，他又怎可能預先在遊艇中埋伏著人呢？

她漸漸地覺得事情和計鎮江沒有關係，錯的是她自己。

計鎮江是本地的大富豪，他的行動自然會引起別人的注意，自己只給了他一夜和半天的時間，去準備那麼多特殊的東西，雖然財可通神，計鎮江竟然辦到了，但受人注目卻也是必然的事，這艘遊艇可能本來是作別的用途的，所以才會有暗格在。

木蘭花一面迅速地轉著念，一面留心看著那兩個人的動靜。

只見那兩個人小心地爬出暗格，到了駕駛室中，伸了伸手臂，一個道：

「她們睡了？」

另一個道：「只怕沒有，木蘭花是一個十分厲害的人，我們要小心。」

那一個發出了一陣嘶啞的笑聲，道：「她做夢也想不到艇上有人！你說，她到這裡來做什麼，那張地圖又是什麼意思？」

另一個搖頭道：「我也不知道，但是我想，報告上去，我們一定可以得到嘉獎的。」

那一個想了半晌，道：「你想，我們何不拷問木蘭花，逼她講出實話來？那張地圖或許關係著一筆巨大的寶藏，那麼你我……」

那人話還未曾講完，另一個的面色已陡地一變，道：「你想叛變組織麼？我要揭發你。」

那人面色一變，道：「我只不過是說笑罷了，你看，海面上是什麼？」

那人手向外一指，另一個轉過頭去，那人一翻手，只聽得極其輕微的「撲」地一聲，那轉過頭去的人，身子便搖晃了起來。

6 海底火龍

木蘭花看到那人後腦上已出現了一個小洞，血和腦漿一起流下來。行凶的人手中，握著一柄小得出奇的手槍。

他的同伴只不過說要檢舉他，他便殺了他的同伴，這人的凶狠可想而知，連木蘭花這樣慣和凶殘的人打交道的人看了，心中也不禁凜然。

她心中暗忖，那也好，本來自己要對付兩個人，如今只要對付一個人就行了。

那人走過去，將他已死的同伴扶住，將之輕輕地放在一張椅上，整件事情，除了那輕輕的「撲」地一聲之外，根本沒有其他任何的聲響。

那人仍執著手槍，向外望來。木蘭花一動也不動，那人跨出了駕駛室，沿著船舵，慢慢向船艙走去。

木蘭花的視線跟著他，那人的行動十分小心，一點聲音也不發出來。

木蘭花直到他在身前走過，才揚起手來，在那人的後頸上重重地劈下！

那一下襲擊突如其來，那人的身子猛地向前一仆，跌在船舷上。可是那人身體的強壯，卻遠在木蘭花的預料之上。

木蘭花只當自己一掌劈中，那人一定會昏死過去的，可是出乎她意料之外，那人一倒下去之後，左手握住了繩子，一個轉身翻了過來。

那人一翻轉身，手上的槍便已揚了起來，木蘭花雙腳一齊踢出，左腳踢在那人的下頷上，右腳踢在那人的手腕之上。

那人手中的槍疾飛出去，跌到了海中，但由於木蘭花是雙腳一齊踢出的，所以她自己也跌倒在船舷上。

那人的身子向前猛撲了過來，木蘭花雙足猛地一蹬，將那人的身子蹬了出去，門「砰」地一聲響，重重地撞到了甲板之上！

那一下十分沉重，那人跌在甲板上後，直挺挺地一動也不動了。

穆秀珍睡意正濃，她在朦朧之中聽到了「砰」地一聲，咕噥著叫道：「蘭花姐，你還不睡，在做什麼啊，吵死人了！」

「秀珍，快起來，我們有客人來了！」木蘭花高聲叫著，一個箭步趕到了那人的面前。

那人正掙扎著想要爬起來，可是木蘭花已到了他的身邊，令得他躺在甲板上不能動作。

「開什麼玩笑啊？」艙中傳來穆秀珍懶懶的聲音，她顯然不願意起來。

「快起來，秀珍，我們有客人了。」

木蘭花一面叫穆秀珍，一面雙眼直視著那人，道：「你可還想和我動手麼？」

「不……不想了。」那人面露駭然之色。

「將你取去的那張圖給我！」

「好，我……給。」那人伸手進衣袋，可是當他伸出手來時，手中卻是另柄小型的無聲手槍！

但木蘭花早有準備，那人的手才揚起來，她的足尖早已向上踢了出去。

這一次，她足尖恰好踢在槍上，將槍踢得向上飛了起來，使那人發出的一槍，也失了準頭，「撲」地一聲過處，子彈呼嘯向前，恰好穆秀珍從船艙中走出來，子彈就向她射了過去，在她頭頂兩吋處掠過，射進了艙中，嵌到了天花板上。

穆秀珍全然不知道剛才她自己幾乎已到鬼門關去，轉著眼睛道：「剛剛睡著，又吵什麼？」

木蘭花一伸手，接住了自半空中跌下來的小手槍，指住了那人，道：「你別裝死了，起來，你該知道我在這裡殺死你，是絕不會有人看到的。」

「啊！」穆秀珍這才看到了甲板上的情形，「果然有人。」

「秀珍，你叫他將那張圖交出來。」

那人站了起來，將那張圖交給了穆秀珍，可是這時，他面上的神情反而不如剛才那樣緊張了，他甚至一笑，道：「你不能殺我的。」

「為什麼？」木蘭花揚了揚手中的小槍。

「每隔半小時，我們會和上峰聯絡一次，如果不聯絡，那麼這艘遊艇就要爆炸了，這遊艇上，早已裝了遠程控制觸發的炸藥。」

木蘭花心中暗吃了一驚，但是她面上卻是不動聲色，道：「原來是這樣麼？那麼，你們的上峰又是什麼人呢？」

那人攤了攤手，道：「我也不知道，我只是接受命令，供給計鎮江遊艇。我們躲在遊艇中，看他要那麼大馬力的遊艇有什麼用途。」

木蘭花迅速地思索著，她覺得那人所說的可能是實話，如果是實話的話，那麼這人有可能隸屬於一個龐大的匪黨，不過，也有可能是屬於國際特務組織的人馬，但是後者的可能性較少，因為計鎮江並沒有吸引特務機構注意的價值，相反的，他龐大的財產倒是匪黨覬覦已久的了。

木蘭花點點頭，道：「好，算你所說的是實話，你去如常聯絡。」

「我必要服從你的命令麼？」那人狡猾地問。

「當然要，不然我就將你殺害同伴的事，向你的上峰報告。」

那人的面色開始變了，狡猾的笑容也蕩然無存。

木蘭花押著他，到了駕駛室中，那人進入暗格，木蘭花也跟了進去，只見在六呎見方的暗格中，有著十分完善的通訊設備，過了十來分鐘，那人開始使用通訊設備。

他對著話筒低聲道：「十三號，十七號，作例行報告。」

對方的聲音，木蘭花也可以聽得到，對方道：「十三號，十七號，注意，你們所在的遊艇上，有兩個十分危險的人物，她們正是我們目前的敵人，你們必需設法將之制服，我們立即派二十號、二十七號趕到。」

木蘭花心中陡地一凜，那人轉過頭來。

木蘭花手中的槍向前略伸了一伸，那人吸了口氣道：「我們接受任務，但……我們的敵人危險到什麼程度？」

「極之危險，是木蘭花姐妹，我們的人已有好幾個死在她們的手上，據石川虎山的報告，她們極難對付，但她們不知道你們在船上，這是我們的極好機會。整個事情和『海底火龍』有關，如果你們成功了，將可獲得巨額的獎金！」

「是，」那人答應著，「我知道了。」

他停止了通話，站了起來。

木蘭花這時心中十分亂，因為她對眼前的事，還理不出一個頭緒來。

但是，她至少已經知道彼得遜所說的話是不錯的，事情絕不像她想的那樣簡單！她不知道石川虎山和那個組織有什麼聯繫，也不知道「海底火龍」究竟是什麼東西。

她見到那人轉過身來，冷笑一聲，道：「可惜這個命令來得太遲了。」

那人的面上出現了一種狂喜的神色，他搓著手，道：「穆小姐，我們……可以合作麼？」

「噢？」木蘭花像是絲毫也不感興趣，但事實上，她卻在全神貫注。「合作什麼？」

那人的面上現出極度興奮的神色來，道：「海底火龍，穆小姐。」

木蘭花還不知道海底火龍究竟是什麼。但是她卻裝著若無其事。道：「海底火龍？那又有什麼了不起？」

「什麼了不起？」那人叫道：「你知道東方的一個大國，正在出多少錢購買有關海底火龍的情報麼？如果我們竟找到了海底火龍。」

那人講到這裡，在駕駛室中的穆秀珍已忍不住道：「海底火龍是什麼東西？」

那人猛地一怔，道：「原來你們什麼都不知道！」

「你說錯了，我們立即就可以知道，你告訴我們關於海底火龍的一切！」

那人面上現出了猶豫之色，木蘭花冷冷地道：「你剛才不是提議合作麼？」

「不錯，但如今我們還需要……」那人話講了一半，面上現出了一個十分詭詐的笑容來。

「別廢話了！」木蘭花毫不客氣地指斥他：「我雖然不常殺人，但是像你這樣的渣滓，我卻也不怕污手，要為社會除害的！」

木蘭花雖然年輕美麗，但是她在講這幾句話的時候，義正辭嚴，面色莊肅，令得那人面上的那種笑容陡地收了起來。

穆秀珍大聲道：「你可以說了，再不講，拋你到海中去餵鯊魚。」

那人又呆了半晌，才涎著臉道：「兩位若是得了好處，是不是可以分給我一些小甜頭，也好讓我去……改邪歸正？」

「可以，只要你真的肯改邪歸正。」木蘭花誠摯地說。

「那件事，」那人開始說：「我們的組織本來是不知道的，但前天，一個叫作石川虎山的日本人，卻來見我們的大頭子。」

「你們是什麼組織？」木蘭花問。

那人說了一個名詞，穆秀珍聽了莫名其妙，木蘭花卻若有深意地點了點頭。這個組織的活動，她也略有所聞，這是一個什麼壞事都做的匪徒集團，也曾受過幾個國家情報部的僱用，木蘭花早已料到是那個集團在插手過問的了。

「那個日本人說，他有一批財產沉在海底，開啟海底寶庫的密碼卻有一半落到了木蘭花的手中，他要求我們大頭子協助，從你的手中將那一半密碼奪過來。」

「一半密碼？」穆秀珍道：「我們不知道什麼密碼啊！」

「我們當然知道，秀珍，」木蘭花提醒她：「你難道忘了那紙上排成三組的數字麼？」

穆秀珍忙道：「我記得了。」

那人眼珠骨碌碌地轉著，他記得他偷竊的那張紙上角的確有著幾個數字，可惜卻記不得了：「我們的大頭子還未曾答應，就發生了計鎮江漏夜買遊艇的事。這件事傳到了我們的耳中，以為事出蹊蹺，說不定有利可圖，所以才特地將這艘屬於我們集團的遊艇賣給計鎮江的。」

「我明白了，」木蘭花點點頭道：「可是你還未曾說到那海底寶藏的內容。」

「這個……我在集團中的地位低，未能參與最高秘密，我只知道，有某一個國家的情報總部已和石川虎山接觸過，只要能得到深藏在海底的這批物事，那就可以付出極高的代價。啊！」

那人講到了緊張關頭，突然叫了一聲，手向後一指。

那一叫和這一指，可以說來得意外之極，穆秀珍連忙轉頭向艙口外望去，但是木蘭花卻全然不為所動。

那人叫了一聲之後，右手前指，左手向後一按，也不知道他接到了什麼，只聽得「答答」兩聲，突然有兩枚金黃色的長刺自一幅油畫之後射了出來。

木蘭花有著各種稀奇古怪的知識，她一看到那種金黃色的尖刺，就認出那是屬於亞馬遜河流域的一種毒荊棘的尖刺。

這種尖刺若是射中了人，是會使人瘋狂的。

木蘭花手一伸，陡地提起了一張椅子來，向上拋了出去，將那兩枚尖刺砸飛，然而，就在那一瞬之間，那人身子靈活，已經穿窗而出。

木蘭花一聲嬌叱，道：「別走！」一個箭步，趕到了窗前。

然而，那人終究先行了一步，等木蘭花趕到窗前時，那人扯下了一隻救生圈，已經「撲通」一聲，跳下海中去了。

穆秀珍直到這時才知道中了那人的奸計，發生了變故，她趕到窗前，要追出去，可是木蘭花卻將她攔住，道：「讓他去吧，他如果向西漂流，要漂出六十浬才能到岸，如果向別的方向漂流，可能更遠，可能漂到無人荒島。」

木蘭花一講到「無人荒島」四個字，陡地呆了一呆，像是若有所思。

穆秀珍恨恨地道：「那也應該，餓死他也不屈了他！」

木蘭花並不出聲，在駕駛室中來回踱了幾步，才抬起頭來，道：「我們要放棄這艘遊艇了，快去準備必要的東西，搬到快艇上去，我們大約還有二十分鐘的時間，否則遊艇一爆炸，我們便萬無生理了！」

穆秀珍也記起那人曾說，若是他不每隔半小時便和上峰聯絡的話，那麼這艘遊艇，便會受遠程控制設備所破壞的。

她急匆匆地向外走去，木蘭花抓起了航海圖和六分儀，也出了駕駛室。兩人合力將艇上附設的快艇放了下海，又將必要的食物、食水以及潛水用具，一起搬上了那隻只不過十三呎長，四呎寬的快艇。

兩人上了艇，木蘭花立即發動引擎，快艇在黑暗之中衝破了黑暗，向前激駛而出。

當快艇駛出還不到三十多碼之際，只聽得轟然一聲巨響，剎時之間，一團光亮，將海面照映得反射出灼白的光芒來。

但是那一下光亮，只維持了極短的時間，像是在黑暗之中，燃放了一隻極大的炮竹一樣。

一聲響過處，眼前又陡地恢復了黑暗。

由於剛才的光亮實在太強烈了，所以當眼前又恢復了黑暗之後，反而變得什麼也看不出來，木蘭花和穆秀珍兩人只覺得她們的快艇劇烈地震盪著。

約莫過了三分鐘，她們才能見到前面的情形。

只見海面漂浮著許多木片和金屬碎片，那艘設備豪華、外觀美麗的遊艇，已經不知去向了。

穆秀珍呆了半晌，才叫道：「好險啊！」

木蘭花不論在危險之中，或是脫離了危險，她都是同樣的鎮定。

這時。她正打亮了電筒，在用心比較著航海圖和那張取自五個木人頭中的地圖，穆秀珍的話，她像是根本未曾聽到！

穆秀珍道：「蘭花姐，你在看什麼啊，天快亮了，你等天亮了再看不好麼？」

木蘭花仍是不理睬她，陡地，木蘭花抬起頭來，道：「秀珍，我想我犯了一個錯誤。」

「錯誤？」穆秀珍莫名其妙。

「是的，我一直以為這個交叉的符號是代表著海域，而那個『寶庫』則是在海底下，如今我知道，『寶庫』雖然可能在海底，但是卻也離不開陸地，那一定是依附著一個無人荒島而設的！」

她講到這裡，笑了一下，道：「這是我剛才講到那人可能漂到無人荒島時所突然想起來的，如今已經證實了！」

「那人倒也有點用處。」

「你看！」木蘭花指著航海圖。「在那個交叉的符號不遠處，有一個小島，海圖上註明，這個小島幾乎十分之九是岩石，我敢斷定如果有海底寶庫的話，一定就在這個小島的附近，因為由岩石組成的島嶼，不在海中的部分是有許多岩洞可以利用的！」

「那麼，」穆秀珍心急地問：「我們什麼時候可以到那個小島？」

「快了，你睡一覺，等你醒來的時候，便可以啟程回去了。」木蘭花特地激她。

「不，你看我！」穆秀珍挺了挺胸：「我一點睡意也沒有！」

「那更好，天快亮了，我們可以在海面上看日出！」

木蘭花掌著舵，快艇向東北角駛去。沒有多久，朝陽便在她們的右前方升了起來。

海面上，金光萬道，壯麗得難以形容。

也就在這時，她們看到在金光滿佈的海面之上，有孤零零地黑色的一點。

那黑色的一點漸漸擴大，終於成了一排岩石。在岩石附近，海鷗飛翔，雪白的羽毛襯著墨黑的礁石，顯得十分刺目。

那一個海中孤島，總其縱橫，只怕還不足兩百碼，怪石嶙峋。

小艇在岩石旁泊好，木蘭花發出了一聲歡嘯，道：「秀珍，你看，岩石上到處有人到過的痕跡，有的地方，岩石曾被鑿去，有的岩石曾被打下了許多洞，這證明我的推斷是對了。」

「海底寶庫在哪裡，我們快去找。」穆秀珍興致勃勃，連聲催促。

「不要急，我們先繞島駛一圈，猜測那海底寶庫最可能的地點。」

穆秀珍連忙又開動了引擎，快艇以十分緩慢的速度，繞著那孤島轉了一轉，但是卻一點跡象都看不出來，直到回到了原來的地方，木蘭花才道：「準備潛水！」

兩人穿上了潛水衣，跳到了海中，陽光明媚，海底也顯得特別明亮，她們沿著海底的礁石向前游去。

當她們游出了百來碼之後，她們便發現了一個極大的岩洞，兩人在海水中興奮地握了握手，一齊向岩洞中游了進去。

岩洞中陰暗而冷，兩人打亮了海底燈，燈光向前照去，看出那個岩洞十分深。兩人鑽了進去，越向裡面去越是狹窄，到後來，岩洞的四周圍全都十分平整，顯然是人力開鑿出來的。

海底燈的光芒可以達到十呎左右，兩人繼續向前游著，前面突然傳來了金屬的反光，木蘭花雙腳迅速地打著水竄向前去。

她首先看到了那扇門！

那是不折不扣的一扇門，那扇門約莫有六呎高，五呎寬，全是不銹鋼鑄造的，雖然已在海水中浸了許久，但仍然閃耀著光輝。

木蘭花用海底燈上上下下地照著，她照到了一個「鑰匙孔」，那「鑰匙孔」卻並不是用鑰匙來開啟的那種，而是一個數字盤。

那個數字盤共有三圈，也就是說，要轉動三圈數字，到了號碼對準時，門鎖才會打開。

照那數字盤的構造來看，開鎖的密碼，每一組都是六位數字的。

木蘭花知道那三組數字中的前兩個數字，還有四個數字卻是茫無頭緒。

她當然是沒有法子打開那道鎖的，因為三組四個數字的排列組合，可能性之多，使得一個人壽命都不夠試探。

木蘭花以手指去撥動數字盤，數字盤的結構並未損壞。還十分靈活，木蘭花向穆秀珍作了一個手勢，兩人又順著來路，一齊向外游去。

她們游進那個岩洞時，約莫用了半小時左右的時間，她們游出去，當然也要用同樣的時間。

而在海面上，當她們才一開始游進岩洞時，一架小型的水上飛機便已在低空中來回盤旋。

在水上飛機的機艙中，一個全身濕淋淋的人，正在喝著白蘭地，那就是昨天晚上自遊艇裡逃出來的那人。

當遊艇爆炸之後，那個犯罪集團派出水上飛機來視察結果，將那人救了起來。在那人的對面，則是一個身穿黑襯衣的瘦子，正在用望遠鏡搜尋著海面。

「我發現一艘快艇，快艇上有著那艘遊艇的記號。」那瘦子說話的聲音十分冷硬，毫無感情，聽來就像是石頭所發出來的一樣。

那瘦子是犯罪集團中相當有地位的人物，他的外號就叫「石頭」，至於他的名字，反倒沒有人知道了，他有這樣的外號，那是因為他的心真的比石頭還硬的緣故。

「那一定是木蘭花在遊艇爆炸之前溜走了。」

「可是小艇上並沒有人！」「石頭」放下了望遠鏡，轉過頭來。

他的臉瘦骨嶙峋，看來真的像是用石頭雕刻出來的一樣。「整個小島上也沒有！」

「那她們一定是在海底！」那人道：「木蘭花有一張海圖，我和阿二曾經搶到手中，但是……阿二卻被她們殺死了！」

「哼，」石頭道：「她們將替阿二償命！」

石頭按動了他座位上對講機的按鈕，道：「下降，停在那小艇的旁邊。機槍手，瞄準那小艇，等候我的命令！」

水上飛機斜著機身開始下降，副翼下的小船露出來的時候，飛機離海面只不過二三十呎了。然後，小船碰到了海面，飛機在海面上向前滑行著，終於停了下來。

水上飛機停在小艇的右側約十五碼處，從機艙的前方，伸出了機槍的槍管來，緩緩地轉動著，一直到對準了小艇，才停了下來。

「石頭」點著了一支雪茄，閉著眼睛，他面上肌肉一動也不動，誰也沒有法子猜測他的心中在想些什麼。

時間一點一點地過去，終於，寂靜的海面上，響起了「嘩」地一下水聲，在小艇旁邊，一個人從海中冒了出來。

那人是穆秀珍，她才從海面冒起，就迫不及待地爬上了小艇，並沒有發現停在十五碼外的水上飛機。

她除下了橡皮帽，取下眼罩，抖散頭髮。這時，木蘭花也已攀上了小船。穆秀珍看到了那架水上飛機，也看到了從機艙前方伸出來的烏油油的槍管。她陡地一呆，叫道：「蘭——」

可是她只叫出了一個字，「石頭」的頭也已伸了出來，他發出一陣極其難聽的聲音，道：「久仰，久仰，兩位小姐。」

木蘭花陡地抬起頭來，她也看到了一切。

如果只有她一個人的話，她將毫不猶豫地滾下海去，如果穆秀珍還未曾卸去潛水設備的話，她也將毫不猶豫地拉著穆秀珍滾下去。

可是這時候，既不止她一個人，而穆秀珍也已卸下了潛水設備，所以，木蘭花猶豫了一下，但是那卻也只是極短的時間，幾乎在「石頭」的話剛一講完，她猛地一拉穆秀珍，兩人便一齊跌到海中。

木蘭花拉著穆秀珍向下潛著，直到潛進了二十呎的深處才停止潛水。

穆秀珍是游泳健將，但是沒有「水肺」，她在水中也是不能持久的。

她們在海底向上看去，海底是寂靜的，聽不到任何聲音，然而她們卻看到，海面上起著一陣又一陣的白花，每一陣白花飄起之後，機槍子彈便如驟雨一樣地向海中落來。

不到一分鐘，她們的小艇也沉了。木蘭花將氧氣面罩除下，湊到了穆秀珍的口前，讓她深吸了幾口氧氣，然後又戴了回來。

她檢查了一下指表，「水肺」中氧氣的儲量，她們兩人如果輪流使用的話，至多只能維持十五分鐘，那也就是說，她們必需另外想辦法，而不能長在水中躲下去。

木蘭花在穆秀珍看來神色十分驚惶的臉上摸了兩下，示意她安心。她拉著穆秀珍向前游了出去，她們一直沿著岩石游著，替換著使用氧氣面罩。

過了七八分鐘，木蘭花首先從海中浮了起來，她探出了半個頭，恰好有一塊大石將她們的身子遮住，她拉著穆秀珍一齊浮了上來。

穆秀珍低聲問道：「蘭花姐，我們怎麼辦？就是他們肯離開，我們也回不去了。」

「別著急，等等看。」木蘭花的回答很簡單。

她慢慢地將頭伸出大石去，只見水上飛機仍然停在水面，一個瘦子在窗口悠閒地噴著煙，似乎不準備採取什麼行動，但是也沒有離去的表示。

木蘭花回頭看去，藉著那塊大石的遮蔽，她們可以在岩石上爬行出十來呎去，而那裡，有另一塊凸出的大石，石後像是有一個洞。

木蘭花向前指了一指，穆秀珍會意，兩人沿著岩石迅速地向前爬了過去。

木蘭花一面爬著，一面抓了幾塊拳頭大小的石子在手中，她們轉到了另一塊大石，果然看到一個岩洞。

那岩洞並不大，卻相當深，足以容納兩個人。兩人一齊擠了進去，穆秀珍在裡面，木蘭花在外面。

她們剛一躲起來，就聽得那個毫無感情的聲音又響了起來。

那聲音顯然是通過擴音機傳出來的：

「你們兩人的氧氣一定已經用完了，而逼得要浮上海面來了！」

同樣的話重複了五六遍，然後又道：

「你們或者可以躲藏一時，但是我告訴你們，我們一共有四個人，有著各種武器，這小島的面積如此之小，你們想要躲過去，未免太可笑了！」

這幾句話又被重複了兩次，才又聽得那聲音道：「木蘭花，你們應該投降了！」

「那聲音就像石頭一樣！」穆秀珍低聲說。

「你猜中了！」

木蘭花對於各地著名的歹徒頗有了解，她知道那人一定就是外號叫作「石頭」的那個著名匪徒了。

「蘭花姐，你還在說笑？」

「噓，別出聲！」

擴音機又將「石頭」的聲音傳了過來，講的仍是那幾句話，這一次在講完了之後，又多了一句：「我們開始搜索了，如果你們是在逼不得已的情形下投降，那你們就難以得到良好的待遇了！」

木蘭花和穆秀珍兩人一聲不出，接著，她們便聽到了一陣機槍聲，子彈的呼嘯和子彈射在石上的那種聲音，聽來驚心動魄之極！

機槍聲過去後，聽得有划船的聲音，當然對方已斷定她們是躲在這小島上，所以正上島來搜索。

「蘭花姐，」穆秀珍又忍不住道：「他們上島來搜尋我們了。」

「正要他們來，希望他們一齊來。」木蘭花鎮靜地回答。

她注視著岩洞外面的情形，她聽到腳步聲，吆喝聲，以及無目的的槍聲。她知道，她和穆秀珍藏身的那個山洞是遲早會被發現的，問題就是要在一被人發現之際便起而反抗！

她挪動著身子，向外走幾步，便自己站在洞口，但卻也不是一眼就可以看到之處。

沒有多久，她便看到一個人持著手提機槍，慢慢地走了過來。

這人穿著機師的衣服，一面走，一面在東張西望，他陡地看到了那個岩洞，立時提起了槍來。看他的情形，是不管洞中有沒有人，先射上一排子彈再說。

那岩洞十分狹窄，若是機槍子彈射了進來，木蘭花和穆秀珍兩人是萬萬逃不過去的！

木蘭花的手中早握定了石塊，也就在那機師剛一提起機槍之際，木蘭花手中的石塊「呼」地向外飛了出去，那機師離洞口只不過五六碼，在那麼近的距離下，木蘭花實是沒有拋不中的道理！

她的石塊擊中在那機師的手腕上，機師發出了一聲怪叫，手向下一垂，一排子彈射向地上，激射了起來。

就在子彈飛嘯中，木蘭花的身子已經像箭一樣地向外射了出去。

她的身子重重地撞在那機師的身子上，將那機師撞跌了幾步，將手提機槍劈手奪了過來，那機師頭撞在岩石上，早已昏了過去。

木蘭花奪到了槍，精神陡地一振。

也就在這時，她聽得身後高處傳來了「卡」地一聲，木蘭花連頭也不回，一手握住了槍，手臂向後揮去，扳動了機槍。子彈呼嘯而出，散成一個扇形。

槍發射了之後，她才轉過身去。

只見從遊艇中逃出的那人，手中也提著機槍，但這時他卻已沒有能力發射了，他的身子搖晃著。突然倒栽了下來，手中的槍向下落來，恰好落到木蘭花身前不遠處。

但是木蘭花卻不能去將這柄槍撿起來，因為這時飛機上的機艙又怪嘯了起來，木蘭花若是離了那塊大石的掩遮，是定然會被射中的。

穆秀珍興奮地從岩洞中奔了出來，道：「蘭花姐，將槍給我，我去攻擊飛機。」

「傻話，若是毀了飛機，那我們怎麼能夠離開這個孤島？」

「那怎麼辦？我們就這樣等著？」

「不錯，等下去對我們是有利的。」

飛機上，石頭的聲音又響了起來，仍是那樣冰冷而毫無感情。他道：「木蘭花，你們是在自討苦吃了！那是你們自己找的。」

「放屁！」穆秀珍忍不住大聲回罵：「你們兩個人已經死了，你們還有兩個人，命也不長了！」

7 大勢已去

穆秀珍的話才一出口，忽然聽得「通通」兩聲響，兩團物事射到了岩石上，「叭叭」爆了開來，冒出了大量濃綠色的煙來。

穆秀珍還想回罵，但是木蘭花的面色一變，道：「毒氣！我們快退。」

那種濃綠色的氣體貼著岩石，迅速地向下蔓延而至，木蘭花拉著穆秀珍才退開了幾步，又是「通通通」幾下響，有六七枚毒氣彈在岩石上爆了開來，看來這些毒氣彈，足以將整個小島籠罩在毒氣之下很長一段時期了！

木蘭花道：「我們退到海面上去。」

兩人跳到海中，向外游了開去，木蘭花高舉著手提機槍，這是她們唯一的武器了。

毒氣迅即罩住了小島，並且向海面上蔓延了開來，逼得她們向外游去。

她們下水游去的地方，是在小島的另一面，水上飛機是看不到她們的，可是，當她們游開幾十碼之後，卻聽到水上飛機的引擎「軋軋」地響了起來。

木蘭花陡地吃了一驚，穆秀珍「啊」地一聲，道：「糟了！」

木蘭花的身子雖然浸在海水中，可是她的額上也不禁淌下了汗來！

她們的「水肺」本來可以供兩人維持十五分鐘的時間，剛才已經用去了七八分鐘，如果她們潛到水中，至多只不過躲上七八分鐘而已。

兩個浮在水面上的人雖然有著一柄手提機槍，但如何能和一架配有機槍的水上飛機相抗呢？

水上飛機的軋軋聲越來越響，她們已經看到了飛機的銀翼，飛機並沒有起飛，而是貼著水面，向前滑過來的。

「快潛下去！」木蘭花一拉穆秀珍，一齊潛下了水去。

她們覺得出她們上面的海水，因為水上飛機的滑過，而生出了一陣漩渦。

那種舊式的手提機槍，在浸了水之後，也已經不能使用了。

她們浮上水面，水上飛機到了小島的另一面，但是很快地，又在島的一端出現，又向她們撞了過來！

兩人又連忙潛了下去，木蘭花在水中，將水肺除了下來，交給了穆秀珍，向她做著手勢，要她到實在忍不住時，才吸一口氧氣，以維持使用氧氣的時間。

穆秀珍連連打手勢，問她想做什麼，但是木蘭花卻指著海下，堅決令她潛在水中，她自己則向海面上浮了上去。

這一次，她剛一浮上水面，就看到水上飛機自島的一端轉了過來。

木蘭花在海面上露出了頭，水上飛機轟然的聲音迅速傳近，木蘭花這時心情也是十分之緊張。

木蘭花本來是遇事極之鎮定的人，可是這時她所要進行的，卻是一項危險之極，她從來也未曾做過的事情，成功的希望可以說是微乎其微的。而如果她的行動不成功的話，那麼她和穆秀珍兩人除了葬身海底之外，就沒有別的選擇了。

木蘭花在水上飛機像是史前怪獸也似地向她衝過來的時候，將身子浮上了水面，使得飛機駕駛者可以清楚地看得到她。

然後，在飛機距離她只有十五碼的時候，她陡地潛下水去，在水中睜大了眼睛向上望著，一等到海面上閃起了反常的水花，她雙足一蹬，身子在水中向上直穿了上去。

她的雙手先伸出海面，碰到了水上飛機用以在水面滑行的「船」，她的雙臂緊緊地抱定了那「船」，在水上飛機急速的滑行中，她被拖得除了飛濺的水花之外，什麼也看不到。

但是，在經過了一番掙扎之後，她終於使身子露出水面了。她的身子翻過了「船」，到達了「船」的支架上，在她頭頂三呎處是光滑的，滴著水珠的銀白色的機腹。

「船」的支架離機翼不遠，她伸手可以攀到機翼。這時，她等於是藏在機腹之下，在飛機上的人是絕沒有法子發現她的。

她第一步的行動已經成功了，而且水上飛機正在離開水面，向前飛去。

她知道和前幾次一樣，水上飛機將低飛著繞過小島，然後再在水面滑行。

她知道飛機在轉彎的時候，必定會減低速度的，她準備就在那時候，攀上機翼，從「石頭」探頭出來的那個窗口，向「石頭」襲擊，然後進入機艙，對付駕駛員，奪取水上飛機！

這聽來是一個近乎不可能，猶如神話也似的計畫，然而這時，木蘭花卻是充滿了信心，因為她已經做到了第一步，她已經附在機腹上，使得敵人已經失去了尋找她的目標。

她的身子在支架上緩緩地向上移動，不出所料，飛機在轉彎的時候，機身微側，而且速度減低，木蘭花利用這個機會迅速地向上攀著，攀到了機翼上的「升降板」上。

她的雙手抓住了「升降板」，雙眼冒著迎面而來的狂風向前看去。

只見「石頭」仍然從機窗中探出頭來，望著海面，木蘭花準備孤注一擲了，她雙手在升降板上猛地一按，整個人如同一支箭也似地向窗口射了出去，雙足重重地撞在「石頭」的頭上！

那一下突擊，是突如其來的，「石頭」正在海面上尋找木蘭花的行蹤，好再飛過去撞她，但是木蘭花卻在他的頭後面飛了過來。

「石頭」的整個人向後仰去，「砰」地一聲，跌進了機艙中。

木蘭花的雙腳勾住了窗口，她整個人卻還在機艙外，這時，飛機又開始低降，速度漸漸加快，木蘭花只覺得整個人如同要被迎面吹襲過來的狂風吹得四分五裂一樣。

她慢慢地曲起身子，幾經努力，算是碰到了窗緣。這時，她也已可以看到機艙中的情形了。

她看到「石頭」昏倒在機艙中，她鬆了一口氣，因為「石頭」若是受了重擊而未曾昏過去的話，她是絕對沒有可能進入機艙的！

事情發展到這一地步，她的計畫可以說已經接近完成了！

她從窗中鑽了進去，才一在機艙中站定，便在「石頭」的頭部重重地又踢了一腳。

機艙中發生了這樣重大的變化，駕駛室中顯然還一無所知。

木蘭花取過了「石頭」的佩槍，打開了駕駛室的門，駕駛飛機的是原來的機槍手，他背對著門，並看不到打開門的是什麼人。

「石頭，」他還以為是他的同伴，說道：「那個女人像是已被飛機撞中，沉下海底去了。」

「不，」木蘭花以十分平靜的聲音回答他：「你弄錯了，她已在飛機上，就在你的背後！」

那機槍手倏地一震，伸手想去拔槍，但是木蘭花已飛快地踏前了一步，一掌砍在他的右肩之上，那機槍手的一條右臂立刻垂了下來，不能動彈。

木蘭花冷冷地道：「用你的一條手臂，使飛機在水面好好地停下來，要不然，你的背部就會更多上N個十分不雅觀的洞了。」

那機槍手點了點頭，可是他的心中，卻實在無法斷定這是事實還是一場噩夢，因為他實在想不通木蘭花是如何由海面上突然到了飛機中的！

當飛機在水面上停下來不久，穆秀珍「水肺」中的氧氣也用完了，她浮上了水面。

木蘭花向她大叫道：「秀珍，我已攔到飛機了，你快些上來！」

穆秀珍發出了一聲歡呼，將背上沉重的「水肺」解了下來，任由它沉入海中，輕巧迅速地游了過來。

木蘭花等她游近，道：「你可以從窗中鑽進來，我要監視著人，不能為你開門。」

穆秀珍一面攀上來，一面不住地問道：「蘭花姐，你是怎麼上來的，你會法術麼？」

木蘭花微笑不答，等穆秀珍鑽進了機艙，她才後退了兩步，將手中的槍交給了穆秀珍，令她監視著那人。

她將昏過去還未醒轉的「石頭」按在座位之中，用皮帶縛住了他的雙手，又用安全帶將他緊緊地縛住，然後，又將那機槍手如法炮製，也縛在一個座位之上。

穆秀珍在機艙中找到了一瓶白蘭地，將之倒在杯中，向「石頭」的面上潑了過去，只潑了兩杯，「石頭」便抬起頭來。

當他抬起頭看到眼前的兩人時，面上現出了極度滑稽的神情來。

一個人在如「石頭」如今這樣的處境中，是絕對不應該有這種滑稽的神情的，而以木口木面出名的「石頭」，居然會有這種神情，那當然是他以為自己是身在夢中的緣故了。

「你醒了麼，石頭先生？」木蘭花在他的對面坐了下來，冷冷地問。

「石頭」面上那種滑稽的神情陡地斂去，他開始知道他自己並不是在夢境，而是在現實的環境中了！

「石頭先生，時勢是很容易轉變的，是不是？如今，我問你的問題，如果你不回答的話，那麼你就不免要吃苦頭了，因為我的堂妹絕不是一位好脾氣的小姐！」

穆秀珍雙手叉腰，「哼」地一聲，道：「你可聽到了沒有？」

木蘭花和穆秀珍兩人身子都是濕濡濡地，這時，穆秀珍雙手叉腰而立的情形，實在是十分可笑，但是「石頭」卻笑不出來。

他也不開口，只是保持著沉默。

木蘭花道：「好！第一個問題是：石川虎山在什麼地方？」

「石頭」仍然不出聲。

木蘭花向穆秀珍瞟了一個眼色，穆秀珍一揚手，「石頭」猛地一偏頭，準備避開穆秀珍的這一摑——他以為穆秀珍一定是狠狠地要來摑他了。

怎知他卻是完全料錯了，穆秀珍伸出手來，並不是摑他，而只是伸指在他的雙臂之下點點戳戳。

「石頭」在開始的時候，身子發震，還忍住了不出聲，可是後來，他實在忍不住了，一面發出了如狼嚎也似的笑聲，一面怪叫著。

「你說不說？說不說？」穆秀珍逼問著。

「說，說，你……住手。」

「好，你若是再不肯說，我還叫你知道厲害。」穆秀珍縮回手來。

「石頭」連連喘氣道：「石川虎山委託我們對付你們……他正受著我們總部的招待。」

「他在什麼地方？確切地說！」

「石頭」又想猶豫，可是他一看到穆秀珍又伸出了手來，嚇得他面上變色，忙道：「我說，他在市區內，唐納臣路三十四號，那是我們總部的地址。」

木蘭花笑了笑，道：「行了，別的問題，等警方向你詢問好了！」

她轉身向駕駛室走去，水上飛機又開始在水面滑行，不一會，便升空而去，直向市區飛去。

當飛機接近市區，木蘭花剛準備在附近的海面上降落，再設法回到市區中之際，忽然她發覺有四架水上飛機突然從四個不同方向迎了上來。

同時，聽得一架迎面飛來的水上飛機上，傳來了擴音機的聲音，道：「石頭，你已被包圍了，如果你不投降，那就是被毀滅，你自己選擇吧！」

木蘭花這時也已看到了那四架包圍她的水上飛機上，全有著警方的徽飾，木蘭花不禁啼笑皆非，她當然無意和警方大戰，所以她便低飛，使飛機在水面停了下來。

當她的飛機停定了之後，那四架飛機也分四角停下，從飛機上吊下四艘小艇來，每艘小艇上都有武裝人員，向前駛來。

木蘭花一眼便看到，在迎面而來的那艘小艇上，站在艇首的那個人，不是別人，正是彼得遜，木蘭花和穆秀珍兩人打開了機門。

「啊，」穆秀珍大聲地叫著：「真是人生何處不相逢啊！」

彼得遜一見到穆秀珍，也不禁陡地呆了一呆，等到木蘭花也出現的時候。他更是驚訝莫名。

彼得遜首先登上機艙，「石頭」和那個機槍手立時被押了下去。

「警官先生，」木蘭花有禮地問：「我們兩人可以乘機到市區去麼？」

「當然可以，」彼得遜立即答應，「但是可允許我問這一切是怎麼一回事麼？」

「你當然可以問，但我是不會回答的。」

「穆小姐，我非常佩服你，當我們接到情報，說是石川虎山和石頭曾有過接觸，而石頭則已出發之際，我便聯想那事情必然和我所追尋的秘密有關，所以我們便大舉出動，因為石頭是出名難以對付的人，但想不到他竟已被你制服了。」

「好說，好說。」木蘭花表現得十分謙虛。

「穆小姐，我相信你一定已大有收穫了？」彼得遜又試探著問。

「收穫？有什麼收穫啊，我們所帶的東西都失去了，只有損失，哪來的收穫？」

「穆小姐，如果你再不肯和我合作的話，你一定會遇到危險的，你可知道某個東方國家已派出了龐大的特務組織，奉命不惜一切代價，在刺探這個二次世界大戰時期最大的秘密了麼？」

「先生，你現在是在威脅我麼？」木蘭花冷冷地問他。

彼得遜呆了半晌，才道：「當然不是，穆小姐，我如今是在懇請你給我幫助。」

木蘭花現出了一絲笑容。

穆秀珍「哈哈」一笑，道：「如果你早點講這句話的話，那麼你的工作只怕已經完成了！」

彼得遜攤了攤雙手，道：「沒有辦法，人不經過挫折，是不知道失敗的。」

「你也別太客氣了，」木蘭花抿嘴一笑，「你最不應該的便是強闖進我們的家中，搶去了那五個木雕人頭，和隱瞞你的真正身分！」

彼得遜吃了一驚，道：「我真正的身分？」

木蘭花道：「你是西方某國的特務部的軍官，並不是國際警方的高級人員，是不是？」

彼得遜呆了一呆，讚嘆道：「小姐，你的智力遠在我所估計之上，你是怎麼知道我的身分的？」

「當然可以知道，你想想看，國際警方在什麼時候介入這國際特務鬥爭的？」

「給你講穿了，那真是太簡單了，不過我也不算完全說謊，因為我的確是得到國際警方協助的。」

這時，那四架水上飛機已經開始在水面滑行了，木蘭花、彼得遜和穆秀珍二人一齊進了駕駛室，由穆秀珍駕飛機，跟著那四架飛機，一起向警方專用的水上機場飛去。

水上機場是設在市區附近的海面上的，飛行途中。木蘭花和彼得遜兩人化敵為友，交換著關於這件事所知道的一切。

木蘭花可稱料事如神，她所猜測的，和事實相去極近。

那四個人，連石川虎山在內，果然是二次世界大戰時期，德國大獨裁者希特勒的親信近衛隊員，他們是奉希特勒之命到遠東來的。

在遠東的一個小島上，德國和日本的科學家正在從事一項新式武器的研究，這項研究，被稱之為「海底火龍」計畫。

當盟軍攻克柏林之前不久，這項計畫已宣布研究成功，這種武器已可投入生產了。

這種武器，是接近於後來潛艇在水底發射飛彈的形式，潛艇帶由某種固體燃料所發動的飛彈，能夠在水中，海面，甚至半空之中襲擊敵人。

這項新武器如果大規模的投入生產，那麼，太平洋逐島戰的結果，美國一定失敗，因為美國龐大的艦隻必將毀滅在這種新式武器之下。

但是，就像Ｖ２火箭未能挽救歐戰的命運一樣，「海底火龍」計畫也未能挽救太平洋戰爭的命運，因為時間太遲了！德國本土和日本本土都已遭到了嚴重的破壞，工業能力已不可能大量地生產這種新式武器了！

正如木蘭花所料，石川虎山等四個奉命前來授勳的近衛隊員，他們也看到了這一點。

他們看出，任何新式武器都難以挽回軸心國失敗的命運了！

所以，當他們四人到達那基地的時候，他們並不授勳，反倒將留守在基地中的科學家盡皆殺死，將武器庫關閉。

他們有一個十分長遠的計畫，準備在十多年之後，用這項武器的計畫，向那時勢力最強盛的國家換取一大筆金錢。

於是，他們四個人便懷著滿腔的希望，離開了「海底火龍」計畫的基地，他們還帶了一張抄有開庫密碼的紙，將之撕成了六片，塞入六個木雕人頭的裡面，交由石川虎山保管，因為石川虎山是東方人。

而他們四個人，則分頭進入了馬來半島，不料後來，石川虎山起了異心，想要獨吞這個祕密，而那六個木雕人頭卻又給小偷偷去，賣給了一個水手，輾轉來到了另一個城市。

這時，納粹的「海底火龍」計畫已引起了幾個大國的注意，當年的四個人認為是擇肥而賣的大好機會，也開始尋找那六個木人頭，可是那六個木人頭卻在無意之中落入了穆秀珍的手中，從此之後，一連串驚心動魄的事便展開了！

當彼得遜在敘述的時候，木蘭花只是一聲不出地聽著，並不打斷他的話頭，等他講完之後，水上飛機在海面滑行著，將要停下來時，木蘭花這才道：

「事情和我估計的相去不遠，我和秀珍已經找到了當年的那個秘密基地，我們只要找到石川虎山，在他手中取到另一半的密碼，那就行了。」

「這事情很簡單！」彼得遜興奮地說。

「簡單？」木蘭花表示不同意，「石川虎山如今是這裡一個大犯罪組織的嘉賓，我們先要設法和這個犯罪集團鬥爭，才能夠見到石川虎山。」

「不必了。」彼得遜道：「這裡的那個犯罪集團的大頭子，是一個十分聰明的人，他絕不會使他的集團和當地警方發生正面衝突的；而且『石頭』是大頭子的得力部下，如果我們答允以『石頭』去交換石川虎山的話，一定可以成功的。」

穆秀珍大叫了起來，道：「不行，這壞蛋，我們差點死在他的手中，他放機槍，射毒氣，又用飛機來撞我們，怎可放了他？」

「秀珍，」木蘭花低聲斥責：「我們不是已經答應了彼得遜先生，要幫助他的麼？」

「可是，哼，那六個木人頭可是我買回來的，他……他搶了我們的東西，我們還幫他？」穆秀珍老大不服氣地說。

彼得遜站了起來，向穆秀珍深深地鞠了一躬，道：「秀珍小姐，對以往的行動，我表示深深的抱歉！」

他這兩句話是用中國話來說的，說來十分生硬，聽得木蘭花姐妹兩人都忍不住「哈哈」地大笑了起來。

穆秀珍道：「好，算是便宜了這個『石頭』，他要是再作惡，我一樣會對付他的！」

飛機停了，一艘快艇駛了過來，快艇上是當地的高級警務人員，木蘭花等三人下了飛機，到了快艇上。

彼得遜提出了他的計畫，要當地的警方主持這件事。

經過了一番聯絡之後，那犯罪集團的大頭子一口便答應了無條件換人，石川虎山乃是來委託這個犯罪集團辦事的，如今那犯罪集團卻答應將他出賣，這種事，在慣於犯罪的歹徒來說，自然是家常便飯了。

雙方約定的地點，是在海面上。

木蘭花和穆秀珍兩人先到機場辦公室休息了一會，換去了身上的濕衣服，精神更為之一振。

可是「石頭」卻只是閉著眼睛，面上的神情就十足像是一塊石頭，穆秀珍那種冷嘲熱諷的話，他像是根本未曾聽到一樣。

大半小時之後，他們已可以看到，遠遠的海面上，有著一艘豪華的遊艇，正在緩緩地駛了過來。那遊艇十分豪奢，桅桿上竟漆著金漆，映著斜陽，閃閃生光，好看之極！

警方的一個高級警官低聲道：「大頭子竟親自來了，可知他對石頭的看重。」

「大頭子究竟是何等樣人？」木蘭花問。

「我們也不知道，他是一個十分神秘的人物，沒有人見過他，也沒有人知道他究竟是什麼來歷，人人都稱他為大頭子。」

「那麼，你們怎知道他親自來了呢？」

「這艘遊艇，叫作『金桅桿』號，是全東南亞最豪華的遊艇。」那高級警官講到這裡，便下令道：「停止前進！」

快艇停了下來，老遠的「金桅桿」號也停了下來，不再前進。

穆秀珍大感奇怪，道：「咦，我們不是來換人麼？何以大家停止不前了？」

「穆小姐，」彼得遜回答穆秀珍的問題。「那是為了小心，據傳說，『金桅桿』號在三分鐘內，就可以由一艘豪華的遊艇而變成為一艘配備齊全的炮艇，我們若是駛近他們，是十分危險的。」

「哼，這樣猖狂的歹徒，你們竟然由得他們橫行不法麼？」穆秀珍憤然地說。

那兩個高級警官互望了一眼，一齊道：「我們正在積極設法對付這個犯罪集團，如果能夠得到兩位小姐的幫忙，那我們……」

木蘭花不等他們講完，便雙手連搖，道：「我們沒有這種能力，兩位還是別說了吧。」

木蘭花回答得如此堅決，彼得遜和那兩個高級警官都覺得十分意外，但是穆秀珍卻一點也不覺得意外，因為她素來知道，木蘭花是一向不喜歡正面和警方在一起工作的。

不久以前。她曾答應方局長爭奪死光錶，那純粹是因為死光錶這武器實在對人類的危害太大之故，而她和黑龍黨的接觸，也全然是為了救阿敏娜這個可愛的小女孩，這時，那兩個警官貿然要求她幫忙對付犯罪集團，她的拒絕是當然的事！

那兩個高級警官不再說什麼，只見「金桅桿」號上已放下了小艇，向前駛來。小艇的來勢極快，不一會便到了近前，小艇上除了被綑得結結實實的石川虎山之外，只有一個水手。

那水手面目黝黑，身材結實，看來已有四五十歲年紀，說是奉命來換人的。木蘭花這方面，依約將石頭和機槍手放下小艇，又將石川虎山提了上來，小艇回到「金桅桿」號上，「金桅桿」號便破浪而去，速度之快，實是難以想像！

石川虎山到了艇上，知道大勢已去，在鬆了綁之後，便將他所知道的密碼說了出來，和木蘭花所知的數字一合起來，三組密碼的數字便已得出來了，那是「一四九六五」、「八六七二五」、「二八〇七三」。

在艇上早已備妥了潛水設備，在木蘭花的引導之下，又向那個小島駛去。等到快艇到了那小島的時候，天色已經十分黑暗了。

艇上的照明燈大放光明，木蘭花和彼得遜兩人配備了全副潛水設備，潛下海去。

海底燈照射著，水上的魚群驚慌地四下散了開去，彼得遜跟在木蘭花的後面。

木蘭花是第二次來了，她直游進那個岩洞，到了那扇鋼門之前。

海底燈照射著那密碼鎖，照著那三組數字旋轉著，等到三組號碼完全旋妥當了之後，只聽得鋼門內部發出一陣軋軋軋的聲音，那扇鋼門竟自動打了開來。

兩人繼續向前游去。又游出了十來碼，才看到前面又是一個十分大的洞，岩洞上面，有一個古井也似的直洞。

兩人從洞中升了上去，陡地出了水面，那是一個天然的岩洞。由於空氣壓力的原故，洞中是沒有水的，充滿了空氣，適合於人類的生存。

兩人爬了上去，在燈光的照映之下，他們看到了一列一列和魚雷相仿的東西。那些東西全是藍殷殷的精鋼鑄成的，在首、尾兩端，都有著如同螺旋槳也似的東西，總共有十二枚之多。

除了那十二枚東西之外，竟然什麼都沒有了。

木蘭花微微感到失望，但是彼得遜卻歡呼一聲，伏在岩石上，仔細地檢查著那些被稱為「海底火龍」的新式武器。

好一會，他才抬起頭來，道：「就是這些。就是這些！穆小姐，你別看輕這東西，其中的固體燃料，到如今為止，還沒有人知道，我們所要探求的也正是這種固體燃料的秘密，你知道，在二十年之後，當年的秘密武器如今已沒有用處了，然而這種燃料的秘密卻還是無人能知！」

木蘭花淡淡地道：「你的任務已經完成了，我們先退出去再說吧。」

三天之後，木蘭花和穆秀珍回到了家中。

第二天，她們便收到了彼得遜簽署的一張巨額支票。

穆秀珍帶著那張支票，笑道：「蘭花姐，你看，我買這六個木人頭，賺了多少錢！」

木蘭花瞪了她一眼，道：「賺錢？差一點你的骨頭都要給魚吃了！」

穆秀珍聳了聳肩，道：「事情已經過去了，還提它作什麼？蘭花姐，你如今可以不愁銀行存款快要用完了。」

「你再去多逛幾次古董街，我們就可以成為巨富了。」木蘭花開玩笑地說，兩人一起笑了起來。

請續看《木蘭花傳奇》3 內鬼

倪匡奇情作品集

木蘭花傳奇 2 太陽女（含：人陽之女、火龍）

作者：倪匡 著
發行人：陳曉林
出版所：風雲時代出版股份有限公司
地址：10576台北市民生東路五段178號7樓之3
電話：(02) 2756-0949
傳真：(02) 2765-3799
執行主編：朱墨菲
美術設計：許惠芳
業務總監：張瑋鳳
出版日期：2023年6月
版權授權：倪匡
ISBN ：978-626-7303-63-4
風雲書網：http://www.eastbooks.com.tw
官方部落格：http://eastbooks.pixnet.net/blog
Facebook：http://www.facebook.com/h7560949
E-mail：h7560949@ms15.hinet.net
劃撥帳號：12043291
戶名：風雲時代出版股份有限公司

風雲發行所：33373桃園市龜山區公西村2鄰復興街304巷96號
電話：(03) 318-1378　　傳真：(03) 318-1378
法律顧問：永然法律事務所 李永然律師
　　　　　北辰著作權事務所 蕭雄淋律師

行政院新聞局局版台業字第3595號 營利事業統一編號22759935

定價：299元　　

國家圖書館出版品預行編目資料

太陽女／倪匡 著. -- 臺北市：風雲時代出版股份有限公司, 2023.05, 面； 公分.（木蘭花傳奇；2）

ISBN : 978-626-7303-63-4（平裝）

857.7　　112003688